小説
北の街で吹雪の一夜、私に吹きよせる夜の雪は

松田 隆志

ブックウェイ

はじめに

ここに刊行する小説は、長年の友人ＴＭから託されたものである。現在、ＴＭの所在は不明である。彼の妻によると、朝、書斎を覗いてみて不在に気付いたが、散歩に出かけたのかしらと思っていたという。だが、昼近くなっても戻らず、携帯電話にかけてみても出ない。どうしたのかしらと不審に思って書斎の中をよく見ると、仕事机の上に私宛の封筒が置いてあったという。連絡を受けた私は彼の自宅を訪れた。開封してみると、中身は一個の小さな筒状のＵＳＢメモリだった。

持ち帰ったＵＳＢをパソコンのポートに差し込む。ＵＳＢがインストールされる。「小説」と書き込みのある文書が現れる。クリックして開いてみる。小説「北の街で吹雪の一夜、私に吹きよせる夜の雪は」（旧小説「青き光りみし者」を改題・改訂）との題名が附されて打ち込まれている文章が目に飛び込んでくる。

失踪したＴＭと私は、大学の同期生であった。彼はフリーのライターとして仕事の記事を書きながら、自分の書きたかった小説も試み続けていたようである。文学に対する彼の積年の思いが、USBメモリの小説の上にも降り積もっているように思われた。そこで私は、彼の妻の同意を得た上で、出版社と交渉してTMが電子の記憶に残したこの小説を世に問うことにした。

場面を幾重にも積み重ねた断章形式の小説のようであり、二十ある場面には各々題名が付されている。読者の便宜のために全場面の表題一覧——目次としても活用できるように出版時に頁番号を付与した——と、表題一覧に続いて記載されていた「小説のための覚書」とされた項目の中にあった「筋書メモ」「いかにして書くか」の部分をここに紹介しておく。この覚書全体は、見たところ作者の創作メモのようであるが、場面で使われている文章の一部をそのままそこに見いだすこともできる。

なお、TMが小説に付けていた長い題名は、出版の作業に際して便宜上、「北街一夜」——「きたまちいちや」、あるいは「きたまちひとよ」——と短く呼んで作業を進めたこともここに付記しておく。

表題一覧

筋書メモ

舞台は港を擁する北の街。厳冬。

登場人物として名前を冠されているのは北街、本間、須貝、景山、北前、三馬、小林、青木、町田、結城。北街は市中病院勤務の救急専門医。本間は新聞記者。須貝は大学病院勤務の救急専門医。景山は病院勤務の看護師。青木は屑鉄業者。北前は大学病院勤務医（循環器内科教授）。町田はフリーのシナリオライター。三馬は開業医。小林は医療センター広報課の職員。結城は市中病院勤務の治験コーディネーター。北街と結城は同じ病院勤務。

北の街に、感染症が疑われる病気、そして病院で使われていた廃棄予定の医療機器の盗難が前後して発生する。新聞記者である本間が、それを地元新聞に短い記事で報道する。屑鉄業者の青木は、嘔吐と皮膚病変を示し感染症が疑われている患者の一人である。

小説の中心に据えられている場所は街の高台にあるホテルの宴会場で、地元で最大規模の総合病院が主催するパーティが催されている最中である。吹雪の夜である。そこに北街と本間と須貝がパーティの始めから出席している。出席者の中には接客をしている女性コンパニオンも点在している。三馬は急患のために欠席。結城はパーティに出席するために勤務している病院を出たが、吹雪のためにタクシーが思うように進まず、会場に辿り着けないでいる。パーティ会場では、進行中の降圧薬ダイオタンの大規模臨床試験についても話題になっている。やがて本間の機転で、感染症が疑われる病気と盗難にあった医療機器との関連が浮かび上がってくる。

いかにして書くか＊

「語る内容＝物語行為＝言説」と「語られる内容＝物語＝できごと」を（とりあえず）二分化する構成をとること。前者は各断章の冒頭に置かれ、括弧記号（山括弧）を附された部分。後者はそれに続く括弧記号無しの文章群。

視線を追うことで成立する小説。描写すること。

場面は分裂し、増殖し、変奏される。言い直し、書き直される小説。

漢字の音読みと訓読みの活用。各場面に表題を付与して並べるとき、この方法を考慮すること。「降雪《こうせつ》と雪《ゆき》」、「白夜《びゃくや》と夜《よる》」、「懇親会《こんしんかい》と会《あ》う」、「条件《じょうけん》と件《くだん》」のように。本文中でも「徒歩《とほ》と歩《ある》く」、「正面《しょうめん》と正《ただ》す」、「乱舞《らんぶ》と舞《ま》う」のように。

漢音と呉音の違いも使う。「女体《じょたい》と女体《にょたい》」、「白衣《はくい》と白衣《びゃくえ》」のような。

漢字の形（偏《へん》、旁《つくり》、冠《かんむり》、脚《あし》、構《かまえ》、垂《たれ》、繞《にょう》など）に注目し、分解しながら文を作る。「静と青」＝「静《しず》かに青《あお》い光りを」のように。「横と黄」＝「その横《よこ》に黄色《きいろ》のカーテンが」のように。「箱と竹」、「窓と心」、「闇と音」、「庫と車」、「這と言」なども同様。逆にたとえば「縦と綜」が同じ「糸」、「霧と霜」が同じ「雨」を介して接近することも。「脳と服と期」も「月」を介して同様に。

「皿」と「血」、「失と矢」「入と人」「炎と火」のような形の類似性にも注視。

訓読みの違いにも留意。「括《くび》れた」「括《くく》られた」、「傾《かたむ》く」「傾《かし》げる」、「斜《なな》めに」「斜《はす》かいに」、「歩《ある》く」「歩《あゆ》む」みたいに。

発音も利用する。頭韻、音の連鎖など。「しんしんと静《しず》かに白《しろ》い雪が」、「ころころ転《ころ》がりながら」、「つらのつらなり」、「この北の街の夏の朝の」などなど。

カタカナの類似性（形と音など）も取り入れる。「夕《ゆう》ガタ」、「口《くち》とテロ」、「力《ちから》を加《くわ》えてカット」、「シーツとショーツ」などといった。

＊読者に

ＴＭの残した原稿中、ルビが振られているのは、この「いかにして書くか」の箇所だけである。本文中のルビはすべて、友人である私が原稿に目を通した際、ＴＭの創作の方法をたどるため、彼の「いかにして書くか」を踏まえて振ったものである。それを出版時にも、そのまま生かすことにした。ルビによって、この小説に使われた種々の手法に対応できるわけではないが、言葉の増殖にかかわる細部を幾分かは捉えることができたように思う。しかし、完璧なものではないことは言うまでもなかろう。その点も含めて、この〝言い直され、書き直される小説〟を「いかにして読むか」は、一人一人の読者に委ねられていることを強調しておきたい。

場面1
吹きよせる降雪

〈窓の外ではしんしんと静かに白い雪が降っている。降り続いている。まだ降り続くようだ。窓硝子の内側の表面には、夜のうちに冷気が結晶化して作られた氷花――霜の華（しものはな）――がずっと溶けずに残り、迷路のような氷模様を描いている。ここ、北の街の海港を臨む高台――栗林の公園に隣接する――にある古い一軒家は私の生まれ育った場所だ。母屋には姉夫婦が住んでいる。私は首都から一時的にここに戻り、母屋と渡り廊下で繋がっている離れの部屋――広い洋間とその一角を占める畳の部屋からなる――で小説を書き続けている。首都で『青き光みし者』と題した小説を書き終えてから数年になる。発表の場を得ることができなかったこの小説は、ずっと私の中で生き続けてきた。そして今、長い逡巡の後、その小説を下敷きにして新たな小説をつくるべく、私はまた場面を組み直し始めている。この、いわばリメイク小説で最初に置かれるべき場面は、やはり『青き光みし者』の最初と同じ場面だろう。その場面では北街という医師が、激しい吹雪の中を積雪の街に外出する姿が描かれている。私は小説に北街という医師を登場させているが、むしろ、私は北街という名で呼ばれ、書かれていると言っても良いかもしれない。窓硝子に咲く霜華を眺めながら私は書き始める〉

夜七時少し前、望生会宝港総合病院の救急部部長である北街《きたまち》は、市街《しがい》の高台にあるホテルで開かれる懇親会に出席《しゅっせき》するため勤務している病院から外出《がいしゅつ》する。

外《そと》は既に闇《やみ》が支配している。ひどい吹雪《ふぶき》だ。降り積《つ》もって街を覆い尽くす雪《ゆき》の堆積《たいせき》が夜の暗闇《くらやみ》を音《おと》もなく白《しろ》く照らしだしている。北街の全身に、夜の北の街の白雪《はくせつ》が吹きよせている。病院横に建つ古い倉庫《そうこ》の屋根では、風に煽《あお》られた雪が渦を巻いて羽《はね》のように旋回している。倉庫の前で車《くるま》が一台、深い積雪《せきせつ》に埋《う》もれている。北街は思わずオーバーの襟を立て、風に煽られ飛ばされそうな毛皮《けがわ》の帽子を深く被《かぶ》り直す。

北街は視界が悪い中を苦労して歩き続けている。積もった雪で足元が覚束ない。遠くに救急車のサイレンが鳴っている。それはこの地域の基幹病院の一つである自分の勤める病院に向かう救急車かもしれない、と北街は思う。

救急隊と直接繋がっている救急室の電話が鳴る。スタッフが受話器を取る。「はい、こちら宝港総合病院救急部」。受け入れが決まるとさほどの時間も置かず、遠くに聞こえ始めた救急車《きゅうきゅうしゃ》のサイレンが近づき始め、最大限の強さで聞こえたかと思うと、急《きゅう》になりやむ。いつものその音と様子が、今、北街の頭の中で再現される。

今、北街の視野を、煌々《こうこう》と処置台《しょちだい》を照らす無影灯とその光に照らしだされる患者が占めている。処置《しょち》する北街の処《ところ》からは、一点のかげり、光に一点の瑕瑾《かきん》もなく曝《さら》け出されている患者の外傷《がいしょう》部位がみえる。傷《きず》付いた患者はまるできらめく光に被曝《ひばく》しているかのようだ。患者の傍らでナースが点滴のスタンドを固定《こてい》しなおしている。処置台の枕元にあるモニター機器が血圧《けつあつ》値《ち》、心電図《しんでんず》の波形などを示している。

突然、ナースが大《おお》きな声《こえ》で言う。先生、血圧が低下《ていか》し始めました。北街はデジタル表示されている数値《すうち》をみて鋭く言う。ノルエドを、いそいで。ナースは背後の棚から、小さなアンプル ―― 我が国《くに》で開発された新《あたら》しい昇圧剤ノルエドネフリン ―― を取り出し片手に持ち、もう一方の手の指でそのアンプルの括《くび》れた細い首の部分に力《ちから》を加《くわ》えてカットする。用意してあった使い捨ての注射器を持ち、注射針をアンプル内に挿入して薬液を注射筒内《とうない》に吸い上げ、針先を上にして内筒《ないとう》を少し押して空気を抜く。そして今、患者の右側《みぎがわ》の頸の、内側《うちがわ》の静脈に挿入された輸液ルートのコネクター部分に接続した側管《そっかん》から、その注射液を流そうとしている。

すぐに昇圧剤は患者の心臓に到達するだろう。ナースは薄緑色の大きなマスクをしており、そのマスクは顔の大部分を遮蔽し、マスクの外にあるきらきらと光り輝く両目《りょうめ》が際立った存在感を与えている。マスクの両端《りょうたん》から伸びている紐——左右《さゆう》の上《うえ》の端《はし》と下《した》の端《はし》から計四本——は、両耳《りょうみみ》の後方《こうほう》に回《まわ》り込み、やはり薄い緑色のキャップを被った、彼女の括《くび》れた細い首の後《うし》ろと後頭上部《こうとうじょうぶ》で各々、交錯《こうさく》し括《くく》られているようだ。

今、宝港総合病院の救急部部長は不在である。市街の高台にあるホテルで開かれる懇親会に出席するため、午後七時頃に外出したからだ。懇親会に出席する地域医療に関係する人たちとの情報交換は、責任あるポジションにある北街にとっても不可欠だ。さらに北街の念頭にあるのは、二年後に空く隣街の大都市にある母校の救急部教授のポストだ。四十歳台の後半になりそのポジション獲得を目指す北街にとって、懇親会で自分の存在を際立《きわだ》たせることは重要だ。

必要と思われる際《さい》には、懇親会の会場から病院に適宜連絡して状況を知り、指示を与えようと考えながら、北街は吹《ふ》きよせる降雪《こうせつ》の中、そのホテルを目指す。

今、街全体が雪の中に沈み、建物を打つ雪の音だけが北街の耳に伝わっている。街の中央をよぎる幹線道路を行く車も少なく、しかも極端な徐行《じょこう》運転を強いられており、徐《おもむろ》にしか前進しない。車のライトは、雪道の先を照らし出すというよりは、そのライトが放つ光の帯の中を空《そら》に乱舞《らんぶ》する粉雪《こなゆき》の姿を浮かび出しているに過ぎない。ライトが空間《くうかん》に形作る光の帯の中に、粉雪が銀紙のように輝きながら舞《ま》っている。

道の処処《ところどころ》で、余りにも深《ふか》い深雪《しんせつ》にはまり、チェーンを付けた車輪《しゃりん》をむなしく空回《からまわ》りさせている車《くるま》がある。白い夜の闇の中にチェーンの反響音《はんきょうおん》が鳴り響《ひび》いている。その真横《よこ》を黄色《きいろ》い車体《しゃたい》の空車《くうしゃ》のタクシーが通り過ぎていく。吹雪の中、屋根の過剰な積雪がその重みに耐えきれずに、雪崩《なだれ》のように滑りながら雪の積もった軒下に崩落《ほうらく》して、ドスンという不気味な地響きを立てる。

高台へのなだらかな坂道が始まる場所にある煉瓦造りの古い映画館は、建物内部に煌々と灯《ひ》が輝き、入り口の片方の壁に設けられている展示ウィンドウも明るく照明されている。そのウィンドウにはポスターがはられている。白い闇の中に光りを放って照らし出されているその映画館は、風に吹かれて斜《なな》めに横切《よこぎ》る夥《おびただ》しい粉雪の多《おお》くの斜線《しゃせん》で切断《せつだん》されてみえる。

その映画館のすぐ横を通るとき北街は、ウィンドウに雪が張り付いて所々が見えなくなっているポスターの絵柄が、顔は両顎にヘッドホーンのような形の呼吸用のフィルターを備えた全面フルマスク、体は白い防護服でと全身を被覆《ひふく》した男であることに気付く。上映中か予告のポスターだろう。呼吸具も完全に覆《おお》われたもっと重装備の防護服を着た演習をみたことがある、あれは企業の一室に毒ガスが撒かれたという設定の講習会だったかなと、そのデモンストレーションを思い出しながら北街は、ポスターの上部に書かれている映画の題名を知ろうとするが、ウィンドウにはりついた雪が邪魔して前後が読《よ》めない。解読《かいどく》できたのは題名の中程にある、観た男、という三文字だけである。

場面2

雪の白夜

〈小説の中で、私は本間という人物も登場させる。あるいは私は本間という名前でも登場している、と言って良いのかも知れない。私は北街であり本間でもある。そして私は北街でも本間でもない。私は、この小説の座標軸上を動いている一点にしか過ぎず、私と称する一つの人称——一人称——であり、何よりも私という文字であるだろう。禾（か）と厶（し）からなる私。わたくし。わたし。私は書き続ける〉

車輪が雪《ゆき》に埋《う》まって立ち往生している車を北街が目撃している頃、北洋タイムズ社に勤める三十歳台前半の新聞記者の本間は、街の坂道を登り切った高台にあるホテルで開かれるパーティに出席するため、勤めている地元の新聞社を出発する。

外はひどい吹雪《ふぶき》が続いており、積雪《せきせつ》も酷《ひど》い。雪に加えて風もあり、本間の体中に雪が吹《ふ》きつけている。積《つ》もった雪で足元が覚束《おぼつか》なく、束《つか》の間《ま》、足が雪に完全に埋《う》もれて立ち往生しては、苦労して足を抜き出しました風雪《ふうせつ》の中を歩きだす。酷《むご》たらしい修行をしているようだと本間は感じる。歩き続けるという過酷《かこく》な作業が続く。本間のすぐ側の道路を通り抜けていったばかりの車《くるま》の車輪《しゃりん》の新しい轍《わだち》の跡は、降りしきる新雪《しんせつ》ですぐに埋《うず》められその痕跡とてなくなってしまう。徹底した白《しろ》一色の雪《ゆき》の世界。まるで白色《はくしょく》で支配されている白夜《びゃくや》のようだが、ひどい雨《あめ》より雪の方がまだましだろう、と本間は思う。スリップで車の追突事故でも起きたためなのか、家屋《かおく》の屋根《やね》からの落雪《らくせつ》に通行人が体ごと埋《う》まり、埋《うず》まった雪の中から脱出できなかったためなのか、出動を要請された救急車のサイレンが間断なく鳴り響いている。

時折行き交う人たちは、絶え間のない降雪《こうせつ》のなかを皆前屈《かが》みになって歩いている。本間も、空から産み出され花のように舞う雪の中、高台に通じる坂道を前かがみになって歩を進めながら、ハンドルをとられて斜め方向にスリップする車や、屋根から大量の雪が落下《らっか》するのを目撃する。積み重なった雪が屋根から滑って雪崩《なだれ》のように軒下の地面に崩《くず》れ落《お》ちるその瞬間、ドッスンと鈍い音がして前屈《ぜんくつ》姿勢をとる体にその震動《しんどう》が伝わってくる。救急車のサイレンの甲高い音の間を縫って、港から低いが太い、そして長く尾を引き最後は震《ふる》えて吹雪《ふぶき》の中に吸収されていく霧笛《むてき》が本間の耳に聞こえる。

本間は、高台への緩やかな坂道が始まる地点までようやく辿《たど》り着く。山《やま》のように雪が積もっているそこには、この地で産出される花崗岩を積み重ねた昭和初期の建物が残っており、今ではその内部が改造されて映画館となっている。映画館の入り口付近は明るく照明され、入り口の片方の壁にある陳列用窓も煌々と灯《ひ》が灯《とも》されている。こうした情景を、風に吹かれて舞い散る夥《おびただ》しい粉雪《こなゆき》の線分が斜《なな》めに分断している。その幾多《いくた》の粉雪の斜線《しゃせん》が、自分の存在までも細かく分割してしまうのではないかとの錯覚に本間は囚《とら》われる。時折強く吹く突風《とっぷう》に、映画館の屋根に積もった雪の表面から突然《とつぜん》、三角波《なみ》のような渦《うず》が巻きあがり転がりながら、彼方《かなた》に波が引くように消えていく。

本間は、上映中の映画が、最近、試写会の案内をもらった映画であることに気付くが、題名が思い出せない。封筒に入っていた案内状には、両目をすぽっと覆うゴーグル、鼻と口を完全に覆う防御マスク、これらゴーグルや防御マスクと一体化された防護服で全身を完全に防御した男が描かれていたことだけが記憶にある。原稿の締め切りに追われ時間がなくて、本間は試写会には行っていないので映画の内容は分からない。

本間は、山のような積雪の中、苦労してパーティが開かれる高台にあるホテルのロビーにようやく到着する。ロビーの壁には一枚の油絵が飾られている。本間は一息つきながらその絵画を眺める。港を見晴らす桟橋のバルコニーに佇んでいる若い女が、波止場に繋留されている小さな蒸気船から垂直に昇るけむりを眺めている構図《こうず》の絵だ。ロビーは暖房が効きすぎていて蒸し暑く、本間は少し汗をかき、そうとは意図《いと》せずに額を拭っている。

パーティ会場で本間は、医療《いりょう》現場の訪問記事の連載で、この街の救急医療体制について取材した北街の姿を近くに見つけあいさつをしに行く。挨拶《あいさつ》を交わすと北街は、すぐに違う場所に矢《や》のように素早く移動《いどう》して、そこで暫《しばら》くの間、次の場所に動《うご》くことなく相手と歓談している。今、北街が話をしている相手は、須貝というやはり救急の専門医である。暫時《ざんじ》、本間は遠くからこの二人をぼんやりと眺める。二人はまるで、流れの止《と》まった時間軸の上に置かれて静止《せいし》しているかのように見える。時間の囚人《しゅうじん》のように。

北街と須貝に向けられていた視線の方向を変え、パーティ会場全体の眺望に目線をさまよわせている本間の耳元で、「何か、お料理をお持ちしましょうか？」という、若い女の声が聞《き》こえる。そう耳《みみ》にしたように思う。

場面3

夜の懇親会

〈部屋の外、遥か彼方で沖の灯台の光が点滅している。左が北防波堤にある赤灯台、右が南防波堤にある白灯台。北防波堤は丁度「く」の字を左右にひっくりかえしたような形で沖に向かって迫り出し、その先端に赤灯台がある。光源の点と滅の間に一定の間隔があることを了解はするものの、私の意識に投影されるその点滅は、ただ同じ時点で足踏みして、決して時間の流れに乗ろうとしない。この小説も、灯台の光の点滅に似て、提示されては入れ替わる各場面の点滅なのかも知れない。ここに挿入されるのは、この街で一番由緒あるホテルの宴会場 —— バンケット「霜華」(しもばな) —— で開催されている地元病院の関係者の懇親会、立食形式のパーティの場面である。主催しているのは開院二十周年を迎えたこの地で最大規模の総合病院である〉

宴会場の広間の中央に長方形の食卓用のテーブルが幾つか設置《せっち》され、白《しろ》い布で覆われている。置《お》かれている食卓台をカバーする純白《じゅんぱく》の布の上には、料理が盛られた銀の食器が並《なら》べられており、並列《へいれつ》して置かれているその幾つかは、ガスバーナーの青白《あおじろ》い炎で温められている。青白い炎が白い布地に映えて、布地の一部の白を青みがかってみせている。部分的に青みが勝《か》っている白布《はくふ》のテーブルカバーの向こう、広間の一角には街の老舗《しにせ》の寿司や蕎麦の出店《でみせ》もあり、こうした和風コーナーは、竹《たけ》と縄《なわ》の文様が組み合わされた絵柄の銀色の屏風で周《まわ》りと区切られている。店舗《てんぽ》のある屏風の周囲《しゅうい》には白檀《びゃくだん》から発せられるような香りが漂っている。今や宴《えん》は、たけなわを迎えようとしている。年輩客の間に若い女性《じょせい》――接待のために主催者側が手配したコンパニオン――が点在している。

「お飲み物をどうぞ。何か、お料理をお持ちしましょうか?」。控えめな感じで声をかけてきたコンパニオンにその客は、グラスを手にとりながら返事代わりに軽く頷く。すると、彼女もまたわずかに頷くとくるりと向きを変え、料理を取りにテーブルへと歩を進める。向きを変え背中をこちらに向ける時、左斜め背後から深い緑色のベルベットのロングドレスの大きな切り込みが入った脇の下の窪み、そこから盛り上がった胸へと続くわずかに湿気を含んでいるような肌理《きめ》こまかな肌《はだ》のふくよかな稜線が、一点の翳《かげ》り、光《ひかり》に一点の瑕疵《かし》もなく羽毛《うもう》のように空間にたゆたうシャンデリア光《こう》にさらされる。

今、彼女は、右足を一歩前に踏み出す。左足はまっすぐ伸ばし体を支えたまま、瞬時、立ち止まっているかのようだ。やがて彼女は、黒いストッキングに包まれた奇麗《きれい》な形の左右のふくらはぎを、ドレスの裾の後ろ中央に入っているスリット部分から交互に晒《さら》しながら、麗《うるわ》しく一歩また一歩と――一足進むごとに左右の尻の盛り上がりをかすかに揺らしながら――料理のあるテーブルへと歩み続ける。

彼女の行き着くさき、銀製の食器に料理が盛られている食卓の端に、白《しろ》い取《と》り皿《ざら》が幾枚も高く重《かさ》ねられている。幾重《いくえ》にも重ねられている皿《さら》のすぐ側には、ガスバーナーで温められている銀食器も見えるが、その隣には蓋《ふた》の付いた鍋の中に用意されている料理もさらにあるようだ。一番上の白い取り皿は、シャンデリアの輝きを受けて純白《じゅんぱく》の眩い光を四方に広く散乱させている。

今、彼女は皿の近くに身を寄せ、腕を伸ばし、皿を一枚手に取ろうとしているところだ。今、腕を伸ばし、彼女は一番上にある一枚の取り皿を、今、更《さら》に腕を伸ばして。しかし、彼女の動きをみていた客は、その行為を最後まで目撃することができない。ベルベットの袖のさき、爪を血《ち》のように赤いマニキュアで染めた華奢な手を、皿《さら》に向けて更《さら》にまっすぐに伸ばしたちょうどその時、真横から客の前に背《せ》を少し丸めた初老の上背《うわぜい》のある男が現《あらわ》れ、客の視界《しかい》を遮断《しゃだん》してしまったためだ。今、こちらに背《せ》を背《そむ》けて立つその人物こそが、今晩の懇親会を主催している総合病院の院長であることに客は気付く。

院長は、客の近くでビールグラスに口を付けていた髭面の男に話しかける。「早いものですな。当院も開院二十年ですよ」。

髭面の男が答える。「院長先生のご采配の賜物です。もう地域にはなくてはならない病院になりましたね。うちの医局からも何人もお世話になっており、感謝しております」。

院長は言う。「いえいえ、こちらこそ。優秀な人材をありがとうございます。おかげさまで、質の高い医療をこの地域に提供できております」。

二人の会話を遮《さえぎ》る者はいない。

院長は、首もとにループタイをしめており、七宝焼《しっぽうやき》らしい円形の飾りが吊り下げられている。タイの紐は濃《こ》いグリーンで、七宝焼の飾りはシャンデリアの輝きを受けて淡《あわ》いグリーンに煌めいている。話しの最中、院長が身体《からだ》の角度を一寸《ちょっと》変える時、シャンデリアの光線が浮かび上がらせる焼き物の表面に描かれた模様が、寸時《すんじ》、客の目を射《い》る。

そこに描かれているのは、片手に小さな何かきらきらする小物を持つ人物のように見える。その人物は、薄《うす》い緑色の布地の簡易な服に身を包み、やはり薄い緑色の簡素なキャップとマスクをしているようだ。

客は院長が、外科医だったことを知っている。片手に輝くものは手術用のメスであり、簡易な服と思えたものは手術着で、帽子とマスクも手術着と同様、薄グリーンの不織布《ふしょくふ》——繊維を織《お》らずにつくった布《ぬの》——でできた手術室用のものに違いなかろう、と客は思い直す。院長は、現役の頃のオペに臨む自分の姿を、七宝焼の中に自分の人生の宝《たから》として閉じ込めたのだろう。

ハイヒールが大理石の床を打つコツコツというかすかだが重く鋭い靴音が響いてくる。「お料理をお持ちしましたわ」とコンパニオンが戻ってきて客に言う。皿には色々な種類の美味《おい》しそうな料理が見た目も美《うつく》しく盛られている。彼女の目がきらきらと煌《きら》めいている。それは煌々《こうこう》と輝くシャンデリアのきらめきのためだろうか。「コンパニオンさん、ありがとう」と料理を受け取りながら礼を言う客に、「あら、今ではこのお仕事、レセプタントと呼ばれていますのよ」と遠慮がちだが理知的な口調で答えが返ってくる。

パーティ会場で本間は、医療現場の訪問記事シリーズの時、この地の救急医療の取材で世話になった北街の姿に気づき挨拶に赴く。本間も北街も、同じような盛りつけの料理皿を手にしている。その時、側に居る光沢のある濃い緑色のロングドレスを着たコンパニオン、いやレセプタントは、この二人の男性客の間で、食中毒、感染症、病院、医療機器、盗難などといった言葉が行き交うのを耳にする。

顔を少し傾《かし》げながら、彼女は思う。この二人、年は離れているのに、ちょっとみると双子のように良く似ているわね。お料理を盛りつけたお皿を渡すとき、あやうく相手を間違うところだったわ。でも雰囲気は随分違うわ。どちらが素敵かしら。二人だけで会うとしたら、わたしなら……、と顔を少し傾《かたむ》けたまま彼女は考える。

ループタイを付けた院長が髭面の男と話している側を通るとき、彼女の耳に「北都ハートスタディ」という言葉が何回も聞こえてくる。外は吹雪である。夜《よる》の懇親会《こんしんかい》はまだ当分続くだろう。

場面4

会う人

〈今、私は両目を閉じ、目の奥の闇を背景に広がり始めている光の波紋を見つめている。偏頭痛発作の前兆として知られる閃輝暗点（せんきあんてん）の出現である。中学生頃からの持病。それは突然やってくる。まず右か左の片目に針の先ほどの視野欠損が生じる。それは一～二分のうちに数ミリの線分となり、そこを震源地としてギザギザした光の環が拡大して、両目の視界全体を覆う。終了まで約二十分。その間、部屋を暗くしてベッドに横になっている。明るさが目につらいし、ちょっと吐き気のような不快感があるからだ。閃輝暗点の形は城壁や女の顔に見えるという人も居るようだが、私がみる光輪は、何に似ているというわけでもない。ただ両目の奥の暗闇に光が走り始め、発生の源から周縁へと漣のように広がり、広がり切ったところで消滅してしまうだけだ。消滅後にひどい偏頭痛が起きるわけではないが――ズキンズキンと痛くなるのが典型らしい――頭重感を覚えることが多い。月に数回起こる閃輝暗点の約二十分間を耐えるため、私は、時々、一つの物語を組み立てたりする。たとえば、港を見晴らす桟橋のバルコニーに立っている若い女が欄干に片手を付き、波止場に係留されている蒸気船から昇るけむりをみている場面から始まる、昭和初期に生きたある女の話し。あるいは重厚な雰囲気が漂う近世ヨーロッパ復興様式の石造り建築の中で、女性と待ち合わせている現代に生きる男――北街あるいは本間と呼ばれる男、あるいは他の名前で呼ばれる男――の話しなどだ。正面が海に向いたその建物は、かつてこの街が海路を使った海運業で一世を風靡した時代に汽船会社が建てたもので、建物の前の道路を隔てた所にある噴水付きの石畳の広場は往時の船着き場であり、そこに荷揚げされた石炭や海産物は、建物の裏手にあった今はレールだけが残っている鉄道を使って蒸気機関車により迅速に輸送された〉

男が前にしている深い雪の中に佇むその石造《いしづく》りの古い建物《たてもの》は、ルネサンス様式の洋風建造物《けんぞうぶつ》で国の重要文化財に指定され、その内部が一般公開されている。緑青《ろくしょう》の色をした屋根、クリーム色と薄紫色の石組《いしぐみ》の外観を持つ表玄関を軸に左右《さゆう》対称の二階《にかい》建《だ》てである。

建物に入るには、表玄関の石の階段を数段上《のぼ》る必要がある。その石段《せきだん》は建物中央の両側に左右対称の形に設《もう》けられており、左《ひだり》と右《みぎ》どちらからでも上ることができる。設置《せっち》されている右または左の玄関の石段を一つ上《あ》がり、二つ上がり、三つ上がり、そしてそう五《いつ》つめだ。五段《ごだん》のぼったそこに下方が白く塗られたドアがある。左右二枚ある長方形の同じ形の扉《とびら》のうち、開館している時間帯は片側の扉が内側へ折り畳まれて開扉《かいひ》されており、そこが玄関口《げんかんぐち》となっている。

門扉《もんぴ》の開口部《かいこうぶ》から来館者は欧州の城のような建物の内部に導かれる。非常《ひじょう》の場合も来館者は、その開いた戸口《とぐち》から避難することになるのだろう。折り畳まれた扉と固定されたままの扉の上部は共通スペースで、円の上半分の形をした窓になっている。この半円形の窓の真ん中に入っている白《しろ》い仕切《しき》りは、直下に続く入《い》り口《くち》部分の長方形の扉――折り畳まれた扉を元に戻して閉めたとすると――を二つに分割する部分と同じ縦方向にぴったり一致する。半円形の窓、さらに二つの長方形の扉中央より少し下の部分までが硝子で、その下は白塗りの木である。

半円の窓と二つある長方形をした扉の硝子は、その表面を這《は》う白く塗られた鉄製の唐草模様で飾られている。扉の硝子部分にあたる中央、唐草紋様の中心部には鉄製の旗が象嵌《ぞうがん》されており――嵌《は》め込まれている旗《はた》は汽船会社のマーク其《そ》のものと言《い》えるかもしれない――白地のその旗には左右に短く延《の》びる二本の波型《はけい》が赤い色で描《えが》かれている。

表玄関の石段《せきだん》をのぼり切り、そこで上《うえ》を見上《みあ》げると、天井の石《いし》はドーム状にすべらかな曲線の形で削《けず》り込まれており、天井から垂直《すいちょく》に真《ま》っ直《す》ぐ下に延びる支え棒の下で、花びらを組み合わせたようなデザインの、磨《す》り硝子《ガラス》の笠に包まれた丸電球が黄色の光線を散らしている。穹状《きゅうじょう》に見事に掘削《くっさく》された石天井に続く、海に向いた方の壁の中央は硝子窓で、その輪郭は石段を上《のぼ》ったところにあるドアと同一である。ただこの硝子窓は、金属製の唐草文様で装飾されておらず、ドアの下方には木の部分もみあたらず、ただ半円形の透明な窓とそれに続く長方形のやはり透明な窓、そして建物の石の壁が続いているだけだ。

半円形の窓の真ん中に入っている焦げ茶色の木製の仕切りは、やはりそのまま下方にある長方形の窓を二つに仕切る部分——恐らくはこの部分から左右に開放できる——に接続する形で下に延長《えんちょう》してみることができる。半円形の窓は中央の仕切りからさらに右が二つ、左が二つ——左右に対称の形で——、その下に二個ある長方形の窓は各々、さらに八つの小さな長方形——やはり、右と左が対称の形で——に仕切られている。

窓《まど》の硝子は手作りの古いものらしく、窓外《そうがい》の雪催（ゆきもよ）いの曇《くも》り空や、表玄関のすぐ目の前を走行する道路の向こう、噴水池がある石敷きの広場の雪景色が少し歪《ゆが》んで見えている。しかしその歪みは、曇天《どんてん》のどんよりした視界のもとでも正しい距離感を損ねるほどのものではない。

わずかに歪曲《わいきょく》している雪景色を背後にすると男は、目の前にもドアがあるのに気付く。その長方形の両開きのドアの上三分の二は透明なガラスが嵌め込まれており、下三分の一は木材がニス塗装《とそう》され茶色に光《ひか》っている。ドアの上三分の二の部分とその上の半円形の窓は、つい先程目にして今は背を向けている海に面した長方形と半円形の窓――仕切りで細分化する前の全体像――の輪郭とぴったり一致しているようだ。

そのドアを押すと、その抵抗感からそれがバネ仕掛けのドアであることが分かる。男が、そのバネのきいたドアから館内に体を滑り込ませると、そこにはもう一つの玄関が内包《ないほう》されている。建物の内《うち》と外に二《ふた》つの玄関があるという北国の厳冬対策のための二重《にじゅう》玄関を、男は初めて体験する。男が立っている正面の下三分の一はやはりニスが塗《ぬ》られ茶色に輝《かがや》いている木の壁だが、上三分の二はニス塗りの格子によって縦横《たてよこ》に分割された細かい網目状の模様を持つ曇り硝子で、横《よこ》方向に移動させる形の引き戸になっている。その二重玄関の左と右の両側面にはやはりニス塗りの茶色の木枠で区切られた——こちらは正面の格子よりも太く区切り方も大きく横方向のみ——上三分の二に透明な硝子を嵌め込んだドアがある。男は、全開になっている右側のドアを通《とお》る。ドアを通過《つうか》するとニス塗装をした茶色の長いカウンターが、カウンター前の横に長いスペースとその向こうに広がる展示室とを垣根のように隔てている光景が男の目に飛び込んでくる。男はそのカウンターに沿ってさらに右に進み、突き当たったところにある事務室の受け付けで入場料を払い、ミシン目に沿って切り取られた半券と掌ほどの大きさの縦《たて》に長いパンフレットを片手に持ち、カウンターを回り込む形で展示室内へと進む。そこは事務を執る机が幾つか——当時を正確に再現する形で——整然と置かれている。木のボックス席のように仕切られたデザインの天井とカウンターの間《あいだ》の空間《くうかん》を、ニスを塗った数本の太い木製のコリント式円柱が支えている。

その円柱《えんちゅう》では円《まる》い電球――花弁《かべん》を模した形の磨り硝子の笠に覆われている――が、Sを横にした形の金色をした金属でできた茎に支えられている。天井に近い円柱の支えの根元部分には花《はな》の芯《しん》にも似た彫刻が施されている。所々で、天井から木製の机の上わずか数十センチの位置まで、垂直《すいちょく》に垂《た》れた細い金色《きんいろ》の金具《かなぐ》の棒が茎のように伸びており、その先端では乳色をしたすり硝子の笠の下で電球が黄金色《おうごんいろ》の光を放っている。机《つくえ》の上には、文箱《ふみばこ》だろうか、竹製《たけせい》の箱《はこ》が一つ、敷物もなく直《じか》に置《お》かれている。電球から放散される光の矢《や》はその輝きを失《うしな》うことなく、壁やカウンターの厚く丁寧《ていねい》に塗られた光沢のある水面のようなニスに反射し、反射した光がさらにまた壁やカウンターの表面に逆反射して複雑な乱反射を几帳面《きちょうめん》に繰り返し、丁度《ちょうど》、水面に伝わる波紋《はもん》のような幾重にも反映する模様《もよう》を描いている。その紋様《もんよう》は心《こころ》なしか、時折、揺れているようにも感《かん》じられる。

展示室に置かれている硝子ケースの一つには、艀《はしけ》の浮《う》かぶ船着《ふなつ》き場や石の倉庫の古い写真が展示されている。かつてこの会社が所有していた客船《きゃくせん》で使われた、朝、昼、夕の各回《かくかい》における食事のメニューや銀の食器もある。他のガラスケースには、両手を左右に広げたほどの大きさの客船のミニチュア模型もあり、甲板にある操舵室の屋根の上に飾られている旗には、赤い波《なみ》が二本の横向きの短い曲線で画《えが》かれている。

展示室を取り囲む館内の壁には幾つもの窓があるが、その形《かたち》と輪郭は表玄関の石階段を登り切ったところ、穹状に掘《ほ》り削《けず》られた石の天井に続く部分で見た長方形の窓と相同形《そうどうけい》をしている。

受け付けの裏手にある休憩室の外には、廃線となった鉄道のレールが残っているらしい。男はパンフレットからその事実を知るが、今は、一面の雪で覆われていてそれを目にすることはできない。

しかし休憩室の壁にはってある数枚の観光用の古びた写真《しゃしん》ポスターのうちの一枚には、夏に撮ったらしいその鉄道跡が写《うつ》っている。赤く錆びた二本のレールが、干《ひ》からびた等間隔で並《なら》ぶ古い枕木――画面奥に遠ざかるほど小さく写《うつ》っている――の上に敷《し》かれ、敷設《しきせつ》された鉄道線路は山並《やまな》みがみえる遥か彼方まで、青空に吸い込まれるように続いている。

ある写真《しゃしん》ポスターでは、運河沿《ぞ》いの石畳《いしだたみ》を、数組のカップルが体を寄り添わせて歩いている。ポスターの前景《ぜんけい》には、樹枝の模様が組み合わされた橋の欄干《らんかん》と、その側にある二個の街灯《がいとう》――船の錨を模した支柱《しちゅう》に支《ささ》えられた天秤の左右に、バランス良く乗っている立方体のあかり――が大きく写《うつ》っている。街灯は運河に沿《そ》って等しい間隔で設置され、運河沿いにゆるいカーブを描きながら画面奥に遠《とお》ざかるほど小さくなり、遠景《えんけい》――彼方に山並みがみえる――の中に畳《たた》み込まれていく。

ある写真《しゃしん》ポスターには、純白《じゅんぱく》の雪《ゆき》に包まれた運河《うんが》が写《うつ》っており、所々、その運河の上に張った薄い氷の上に倉庫群の影が長く連《つら》なって朧《おぼろ》に映《うつ》っている。氷は蓮《はす》の葉の集まりのように幾つもの層をなしている。彼方の連山《れんざん》も白雪《はくせつ》を被り、昼の月《つき》の所在もおぼろに分かる。白《しろ》の診察衣をまとったような連峰《れんぽう》のそこかしこに黒《くろ》い稜線もみえ、白地《しろじ》に筆と黒々《くろぐろ》とした墨汁《ぼくじゅう》とを使って描かれた墨絵《すみえ》のようだ。

もう一枚の写真《しゃしん》ポスターで写《うつ》っているのは、湾内にある観光船《かんこうせん》の発着《はっちゃく》場とそこで乗船《じょうせん》しようとしている若い女である。夏の光りが溢《あふ》れている船着《ふなつ》き場には、船体《せんたい》が白く塗られ、操舵室の外側や喫水線のあたりが赤で強調されている一隻の観光船が、小型の木材が組み合わされた小さな桟橋に係留されている。船《ふね》と桟橋を手前に置いて遠景まで捉えているポスター画面の見晴《みは》らしは素晴《すば》らしい。光が横溢《おういつ》する青い夏の海は鏡面のように滑らかで波の動きはない。

波は静止《せいし》したまま、その場に止《と》まっているかのようだ。焦げ茶色の半袖ブラウスを着て紺色のジーンズをはいた若い女が、観光船に向かってその桟橋の入《い》り口《ぐち》部分に白いスニーカーを履いた右足《みぎあし》を一歩踏み出している。左足はまっすぐ伸ばし、体を支えたままだ。長い髪の先端が項の所で軽くカールしているが、女は左斜め背後の方向から写されているので、その表情は分からない。

観光船を舫《もや》う船着き場の向こう、余り遠くはない処《ところ》で陸地の一部が海に突き出ているが、そこで誰かが大きなドラム缶で何かを燃やしている。ドラム缶についている長い煙突から上空に渦巻きながら垂直にけむりが昇《のぼ》っている。縦《たて》に真っ直ぐ空に上昇《じょうしょう》するけむりの向こう、紺碧の海の彼方に、赤茶色の土が其処彼処《そこかしこ》に露出《ろしゅつ》した岬がみえる。

その岬の麓には白銀色に輝く円筒形の石油タンク群。次第に輪郭が拡散し形があいまいになっていくけむりが、ドラム缶の煙突を起点として夏の藍色の海、赤土《あかつち》が露《あらわ》に現《あらわ》れている岬を縦断《じゅうだん》している。

今、この日の来館者である男は二階――階段にはニス塗装がされて茶色く光っている木製の手すりが付いており、等間隔に置かれた縦《たて》に刻み模様のある円柱がその手すりを支えているが、そのうち太い円柱の頭には松ぼっくりのような飾りが乗っかっている。階段は三カ所の踊り場で方向が切り替わる——の会議室や資料室などの各部屋も見終えて、一階の展示室に戻っている。この時刻《じこく》、来館者は男の他に誰もいない。ニス塗装が施された格子《こうし》を持つ大きな幾つもの窓が、各々《おのおの》、夕刻《ゆうこく》の雪催いのどんよりした幾つもの同じ空《そら》を切り取っている。物言《い》う人とても居《い》ない建物を空《くう》の中に刻《きざ》み込むような静寂《せいじゃく》。

そうした静《しず》けさの中、男の耳には表からコツコツというかすかだが重厚で先鋭な靴音《くつおと》が反響《はんきょう》してくる。その響《ひび》きが聞こえるような気がする。それは、いかにも寂《さび》しげな反響音《はんきょうおん》だが、表玄関の石段《せきだん》を上る足を包むブーツの両の踵が、交互に石《いし》の表面を打つ音に違いない。

いまにも雪がちらつき始《はじ》めそうな空のした彼女は、約束の時間通りに来たようだ、と男は思う。「月はじめは時間があるの。だから大丈夫、行けるわ」という彼女の声が記憶の中からかすかに聞《き》こえる。耳《みみ》を澄ますと、記憶のなかからかすかにせよ彼女の声が聞こえてくるのは、あれからずっと、会《あ》う人《ひと》のことを男は考え続けていたからなのか。

そのコツコツという音はパソコンのキィを打つ音にも似ている。誰かがそうした機器を操作しているのかも知れない。しかし、誰が、いつ、どこで、何のために？

場面5

人間の条件

〈部屋の外では明るいリラ色の空が、濃い青そして深い群青色へと変わり、次第に濃さを増し、遂に世界は、雪で白く彩られた大地、そして黒く塗りつぶされた空と海の二色に分かれる。港の沖合ではいつものように、二つの灯台の光が交互に点いたり消えたりを繰り返している。この場面5」で描かれるポスターは、新聞記者の本間が、取材に訪れた病院内の医局の廊下で目にしたものである。それは場面15」で言及されている北都ハートスタディの取材で行った北都医科大学附属病院でのことかもしれないし、他の時に訪問した他の病院内でのことかも知れない〉

医学分野の学術集会の告示《こくじ》ポスターが、医局横《よこ》にある廊下の壁の掲示《けいじ》ボードに張られている。イラストが描かれた縦長の大判ポスターの四隅は、小さめのマグネット――表面が黄色《きいろ》でコーティングされた――で掲示板に固定されている。

ポスター上部には、集会の名前とテーマ、学会長名とその所属、開催日時、会場などの情報が横書きで示《しめ》されている。文字――漢字とひらがな、カタカナ――そして数字の組み合わせで告《つ》げられたそのメッセージのすぐ下、ポスター前景に描かれているのは心肺蘇生法（しんぱいそせいほう）のイラストで、真《ま》っ直《す》ぐに伸ばした両腕の先端で両手の指が交互に絡《から》み合《あ》わされ、組《く》み合《あ》わされた各《かく》指々を支える片方の手の付け根が垂直《すいちょく》に訓練用マネキン人形――ウレタンフォームを素材とし表面にソフトビニールを皮膚としてはり付けた――の胸《むね》の中央部、胸骨《きょうこつ》の下部、解剖学的に剣状突起（けんじょうとっき）と呼ばれる部分のすぐ上の箇所に置かれ、今、圧が加えられようとしている。今は加圧《かあつ》しか術がない。今、最初の圧《あつ》が加《くわ》わり、続けて規則的に圧が加えられ続けるだろう。

胸骨圧迫（きょうこつあっぱく）のため加圧しようとまっすぐに伸ばした両腕の後方には、自動車のヘッドライトを拡大したような無影灯が煌々《こうこう》ときらめいている。そこには一点のかげり、光に一点の疵《きず》とてない。

人間《にんげん》が生きていく上での必須条件《じょうけん》とも言える脳血流。心臓の鼓動が停止して、脳の血流が途絶えようとしている、あるいは途絶えてしまっているマネキン人形は、この心臓マッサージによって果たして蘇生《そせい》できるだろうか。

心拍が再開《さいかい》し脳に再《ふたた》び血流が送られて蘇《よみがえ》った場合には、閉《と》じていた瞼が突然開くように設定されている才《さい》に長けた人形かもしれない。

無影灯が放つ光が照らす先には、開け放たれた段違いの引き出しに薬剤のアンプルがぎっしりとつまっている蘇生用カートがある。

ポスター全景《ぜんけい》は、前景《ぜんけい》に描かれた現場での一次救命処置と、後景《こうけい》にやはりイラストで描かれた病院内の蘇生室――そこで高次の救命処置が行われる――を組み合わせた構図となっている。遠景《えんけい》にあるのはただ白い壁だけだ。殺風景《さっぷうけい》としか言いようのない景観《けいかん》で、背景《はいけい》に窓から見える景色《けしき》とてない密室のようだ。

取材を終えた本間が医局から病院の玄関口に戻ろうと、ちょうど救急センターの横にさしかかると、運び込まれた救急患者が緊急検査のためにストレッチャーに乗せられて移送されている。胸に景山《かげやま》という名札を付けた付き添いの看護師が、「大丈夫ですよ」と繰り返し声をかけているが、患者の意識は朦朧《もうろう》としているようだ。

場面6

件の計画

〈前作「青き光みし者」ではわずかしか触れられていなかった高血圧大規模臨床試験（臨床研究）は、リメイク版ではさらに膨らみを持たせる必要がある。そうした意図のもと、ここで書かれる場面6」は、「夜の懇親会」という表題を持つ場面3」で描写される、地元で最もベッド数の多い総合病院が主催するパーティにおける会話として構成される。場面6」は場面3」に内包される、あるいは場面3」は場面6」に接続する —— 記述と出来事の時間的な順序はどうであれ —— とみなすことができる〉

初老の背の高い男つまり院長と髭面男の話は続いている。

院長は髭面男に質問する。「当院の循環器内科も参加している件《くだん》の計画《けいかく》、例の臨床研究はどうなっているのですか。現在、何例集まっているのでしょう」。

髭面男すなわち隣の大都市にある北都医科大学循環器内科講師は「ダイオタンを使った北都ハートスタディのことですね。まだ五百例そこそこです」と返答する。

「本当に三千例も集まるのですかな」と遠慮なく面《めん》と向かって髭面《ひげづら》講師に聞く院長に、「ダイオタンや同系統の降圧薬を使っていない患者は少ないので、苦戦しています。現在、我々の大学と地域の協力病院が総力を挙げて症例の登録を行っているところです」と答えている。

「ダイオタンの我が国での適応症はなんですか?」と院長は髭面男に問うと、「高血圧症です。海外では心不全と心筋梗塞に対しても適応が取れていますが」と講師は答える。

新聞記者の本間は聞き耳をたてている。本間は、同じ北都医科大学の北前一朗教授に取材してダイオタンという降圧薬の臨床試験に関するその記事を書いたのだ。

見出しは、「新規降圧薬の臓器保護効果を確かめる臨床試験始まる」。

パーティ会場で北前教授の姿はまだ見かけないが、本間の耳の奥に取材時の教授の声が響いてくる。

こうけつあつが　じぞくすると　脳　しん臓　腎臓などのじゅうよう臓きの　しょうがいがすすみ　やがて　き能にはたんがしょうじます　はたんのさい期にほっさなどのかたちであらわれる　こうしたはたんは　イベントとよばれています

こうけつあつを　ちりょうするやくざいが　こうあつやくです　たかいけつあつをかこうさせるこうかは　こうあつやくの　しゅるいによってかなりことなります

けつあつを　かこうさせるこうか　つまり　こうあつこうかがつよいこうあつやくは　とくに　脳そっちゅうにたいする　つよいよぼうこうかが有ることがしられています

こうあつやくのもつ　こうしたこうかは　臓きほごこうかとよばれています　つまりじゅうような臓きのはたんをふせぎ　イベントをよぼうする　望ましいこうかですね

ダイオタンは　つよいこうあつこうかをしめしますが　これまでに　ないがいでおこなわれたきそじっけんのせいせきから　ダイオタンは　こうあついがいのさようでも　臓きほごこうかをはっきしている　か能せいがしさされています　これまでにない　ストーリーです　ダイオタンはこうあつの　あらたなにないてとして　ひょうかされることになるかもしれません

脳そっちゅうだけでなく　しん筋こうそく　しんふぜん　腎ふぜんなどにたいしても　こうあつをこえたさようにより　臓きほごこうかをはっきりしている　か能せいがあります

レニンアンジオテンシンけいとよばれるホルモンのそがいという　ダイオタンのもつさようが　これにかんよしていると　かんがえられます

レニンアンジオテンシンけいは　もともとは　せいたいのいじにひつようなホルモンですが　これがかじょうにさようすると　こんどは　せいたいにわるさをするのです

こうけつあつにも　レニンアンジオテンシンけいのかじょうさようが　かんよしているのです

レニンアンジオテンシンけいのもとであるレニンは　腎臓からぶんぴされる　こうそです　このレニンが　アンジオテンシノーゲンというたんぱくしつを　ぶんかいすることで　アンジオテンシンⅠがつくられます　アンジオテンシンⅠは　おもに肺でへんかんこうそによりアンジオテンシンⅡとなり　これがアンジオテンシンⅡじゅようたいのうち　１がたとよばれるじゅようたいとけつごうすることで　き能しているのです

ダイオタンは　おうしゅうにある　せいやくがいしゃシットノバロン　によってかいはつされました　いやくひんのしんぽは　こうしたやくざいの　とうじょうをか能にしたのです

ダイオタンのイベントよぼうこうかは　すでにかいがいでおこなわれた　だいきぼりんしょうしけんで　りっしょうされています　つまりエビデンスとよばれる　かくたるデータがあるわけです

しかし　にほんじんではどうなのかを　にほんじんをたいしょうとした　だいきぼりんしょうけんきゅうで　たしかめるひつようがあります

そのために　ほくとハートスタディを　かいしすることになったのです　とくにこうあつをこえたさようの有むが　ちゅうもくされます。そうしたさようの有ることが　期たいされます

同時に本間の耳に、講師が院長に熱心に話しているのも聞こえてくる。まるで論文をそのまま読み上げているような話し方だ。

北都ハートスタディでは、心血管系疾患のハイリスク、つまり2型糖尿病、喫煙、脂質異常、肥満、心肥大の危険因子うち一つ以上を持つ、あるいは六カ月以上が経過した虚血性心疾患や脳血管障害、あるいは末梢動脈疾患の既往歴が一つ以上ある日本人高血圧患者を対象に、これまでの降圧療法にダイオタンを追加したグループと、ダ

イオタンを使わずにこれまでの降圧療法を必要に応じて強化したグループとの間で、降圧効果と予後に与える影響を比較します。四週間以上続いて、診察室での収縮期血圧が１４０水銀柱ミリメートル以上、および、または拡張期血圧が９０水銀柱ミリメートル以上を高血圧とします。降圧薬――ダイオタンおよび同系統の薬剤は除外しますが――を四週間以上服用していても、このように血圧コントロールが不良である場合も対象となります。

試験方法はプローベ法なので、その患者がどちらの群に属するかは、オープンの状態にあります。

降圧目標は両グループとも収縮期血圧１４０、拡張期血圧９０ミリ水銀未満――糖尿病や腎疾患の合併患者では収縮期血圧１３０、拡張期血圧８０ミリ水銀未満――を目指します。

医師主導型のこの臨床試験で特に立証したいことは、ダイオタンの降圧以外の機序を介した臓器保護効果です。両グループの間で降圧効果が同じで、しかもダイオタン追加グループの方で臓器合併症の予防効果が統計学的に優れていれば――つまり有意差があれば――、それはダイオタンには降圧を超えた臓器保護効果があるということになります。

院長がポツリと言う。両群間の血圧値を揃えるのは大変でしょうね、と。

講師は応答する。まるで書き上げたばかりの論文を復唱するように。

その患者がどちらの群に割り付けられているか分かっているので、ダイオタン群では主にダイオタンの増量、非ダイオタン群では従来から使用されていた降圧薬の増量や変更などで、両群の血圧を同じレベルまで下げることは可能ではないかと考えられます。

院長がまたポツリと言う。いずれにせよ、二重盲検試験のような厳格さはないわけですね。医療者も試験参加者も、試験薬かそれと比較する対照薬のどちらを使っているか分からない仕組みになっている二重盲検試験のような厳格さは、と。

講師は即答する。今度は普通の口調で。

しかしそのぶん、実臨床での薬の使い方に似た状況でのデータが得られます。そして、その得られたデータを、即、実臨床にフィードバックすることができます。結果の判定は、試験に関与していないイベント評価委員会が、どちらがどちらの群か分からない状況で行います。ですから、判定の客観性や厳密性は守られています。

第一次エンドポイント、つまり主要評価項目は脳・心血管系疾患の新規発症や悪化の複合です。これには一過性脳虚血発作を含む脳卒中、急性心筋梗塞、狭心症、心不全、解離性大動脈瘤、末梢動脈疾患、緊急血栓症、透析導入、血清クレアチニン値倍化が含まれています。

北都ハートスタディでダイオタンの降圧を超えたエビデンスが示されれば、この種の降圧薬の全く新しい歴史が刻まれるでしょう。北都ハートスタディの成績から、高血圧の病態や成因もさらにはっきりすると思います。

さらに院長と講師のやりとりが聞こえてくる。

本間は、聞き耳を立て続けている。院長が問い、講師が答える。段々と話が専門的になっていく。

「主要評価項目のうち一つ発症すると、一イベントとカウントするわけですね?」

「そうです。最初に発症したイベントを主要評価項目として採用し、同一症例であとから違うイベントが発症した場合、これは主要評価項目とはせず、主要評価項目を構成する各々の評価項目のデータとして取り扱います」。

「狭心症や心不全などは、診断する医師の主観が入りやすいので、客観的な評価が難しくないですか？」

「そうした懸念を踏まえ臨床症状に加えて、狭心症では心電図、必要ならば冠動脈造影による検査で確定診断を付けます。心不全では、心エコー・ドプラ法による画像診断をルーチンで実施します」。

本間の耳の奥に取材時の教授の声がまた反響する。

びょうきのけいかのさい期にほっさなどのかたちであらわれる　しん臓、腎臓、脳などのじゅうよう臓きのはたんは　イベントとよばれています　ダイオタン朝いっかいの服ようによって　イベントがよぼうできることは　すでにかいがいでじっしされた　だいきぼりんしょうしけんでりっしょうされています。そのこうかを　にっぽんじんでも期たいしたいところです。

本間は、院長と髭面講師の側を離れ、数歩歩《すうほある》いて、奇麗《きれい》な形の脚で支えられている小《ちい》さい円《まる》いテーブルの上に、空になった料理皿と飲み物のグラスを置く。円卓《えんたく》の中央には、綺麗《きれい》な一輪の生《い》け花《ばな》が、糸《いと》のように細《ほそ》い刻み模様の入った硝子の小型《こがた》花瓶に飾ってある。

テーブルの横で隣り合わせて立っている二人の若い男《おとこ》が小《ちい》さな声《こえ》で話している。どうやら院長と講師の会話が聞こえていたようだ。

「医師主導型の臨床研究とはいえ、製薬企業の思惑は汲んであるだろう」

「医薬品メーカーは同じ系統の薬剤の、過当競争の渦中にあるからな。どうしても薬の差別化が必要だ。市場をおさえて売上を伸ばすためには」

「ダイオタンに有利なデータが出るかな」

「メインの結果で差が付かなそうなら、サブ解析で有利なデータを出そうとするかも知れない」

「北都ハートスタディにはどの位のコストがかかるのかな」

「プローベ法だから、プラセボを作る手間と費用が要らない。それに保険診療内で実施できるから、費用はひどく膨大なものにはならないだろう。データ解析の費用は要るが」

「プローベ法か。判定は独立した委員会がブラインドで行うといっても、どの患者にダイオタンを使っているのか分かっている、試験の実施過程では。だから、現場でのイベント評価が甘くなる可能性は否定できない。治療への思い入れやスポンサーへの思惑があるから」

「しかし、市販後の臨床研究だからな。やはりプローベ法だろう。しかも日本では。俺たちの古巣の教授が以前行った臨床研究もプローベ法だった」

「あの臨床研究こそ、差が出たのはサブ解析だけだった。しかも、あとから設定した評価項目を使った後付け解析の形で」

「北都ハートの費用は、製薬企業からの研究費を当てるのだろうな」

「資金の出所は、当然、ダイオタンを作って売っているシットノバロン社だろう」

「奨学寄付金か。まず大学の口座に入金して、それから試験統括医師の教室にという流れだよな」

「いい結果が出て国際的な一流医学誌に掲載されれば、試験統括医師の学会での発言力も増すよな」

「シットノバロンからの研究費も増えると思うよ」

「臨床研究だけでなく、基礎研究にも金がかかるからな。研究費はありがたい」

「現状では製薬企業に頼るしかない。産学連携だよ」

「エビデンスが得られたなら販売促進活動に、徹底的に利用するだろうな、シットノバロンは」

「論文の別刷りを持って我々の所へも来るよ」

「そうなればダイオタンは、すぐに年間売上が一千億円超だ」

「いわゆるブロックバスターということか」

この時、本間はスマートフォンが着信を告げる振動音《しんどう》を響かせているのに気付き、上着のポケットから取り出す。

社の上司からのメールである。渡してきた医療機器盗難の記事に関してだ。「至急、帰社のこと。ニチワン病院で放射線を発する治療物質も盗まれた模様」とある。

本間は社に戻るためにホテルのパーティを中座する。

ロビーに出たとき本間は、向こうからゆっくり歩いてくる北前教授に気付く。何か考え事をしながら歩いている気配だ。

外は雪《ゆき》の降り方が一段と激しくなっている。振り返るとホテルは、坂の上で強い風の圧力を受けてななめによぎる、夥《おびただ》しい粉雪《こなゆき》の白《しろ》い斜線《しゃせん》で細かく分割されて本間の目の前に浮かび上がる。果てしない多量《たりょう》の白雪《はくせつ》が描く斜《なな》めの線の間にホテルの内部の灯がちらついている。港で低く響く霧笛《むてき》の音が断片的に聞こえる。

この街は、港からゆるやかな勾配を描きながら、次第にせり上がる地形になっているので、高台のホテルから社に戻るときは逆に坂を下る形になる。深い積雪《せきせつ》で足元が覚束《おぼつか》なく、束《つか》の間《ま》、足が雪にすっぽりうまって身動きがとれなくなっては、ようやく足を引き抜き、また少し歩いてはすっかりうずまり、ようやく足を雪の中から抜き出し、風雪《ふうせつ》の中、坂道を降りていく。

坂の途中で本間は、編み笠《かさ》を目深に被って踊《おど》りのポーズを取っているゆかた姿の女性ブロンズ立像《りつぞう》――大理石の台座の上に立《た》つ、実身長を縮小した彫刻。笠に冠雪《かんせつ》している――の前《まえ》を通る。

夏祭りの一日、この街の市民は裾から膝上にかけて波模様が描かれている揃《そろ》いの浴衣を着て街を海の潮《うしお》のように練り歩くのだ。

今、ブロンズ立像は、前を向き、右手《みぎて》を右方向、頭の上の高さにまで挙《あ》げ、左手《ひだりて》をやはり同じ右方向に挙《あ》げ、だがやや低く首の付け根の当たりにとどめ、目《め》は右手を見《み》上げる向きにし、笠を被った顔をやや左に傾け、右足《みぎあし》を一歩前に踏《ふ》み出し、左足《ひだりあし》は踏み出した右足の背後に置いたまま、足首《あしくび》を地面に付け踵《かかと》を浮かしている。

ブロンズの立像は、降りしきる雪の中、その凝《こ》った表現力で踊りの一瞬を凝固《ぎょうこ》させている。

編集室に戻ろうとしている本間の頭《あたま》の中には疑《うたが》いなく、この北の街の夏の朝《あさ》の潮風《しおかぜ》が肌に吹き寄せる感触が甦《よみがえ》り、更《さら》には威勢のよい太鼓の音《おと》を伴う祭りの音頭《おんど》が鳴り響《ひび》いているだろう。

場面7

画かれた映像の更新

〈私はパソコンのキィを打ち続ける手を休め ―― コツコツという音がいま中断する ―― インターネットに繋いで一つの動画を呼び出す。その画像は、いつみても衝撃的だ。原子炉のトラブルを研究するため、実験炉を使って行われた映像である。すべての制御棒を一気に引き抜いて炉心の出力を暴走させ、それが自動的に制御されることを確かめる実験の録画だという。制御されるその瞬間、ひときわ青い閃光が走る。ここに描かれる場面7」における彼は、この私の分身ではあるが、場面14」で登場するシナリオライター町田ともみなすことができよう〉

それは、インターネット上で偶然、見つけたものだ。

録画《ろくが》の始めでは、はるか底に、炉《ろ》の中心は純水の中で青《あお》く光り輝いている。炉心が目《め》に青《あお》く眩《まぶ》しく晴《は》れ晴《ば》れしいのは、高速の電子と水が反応して作られる電磁波「チェレンコフ光」のためだという。

その画面《がめん》はゆっくりと引き戸《ど》が引かれるように移って次の画面になり、画面下に「制御棒の引き抜き」と細身《ほそみ》の活字で記されたテロップが一寸《ちょっと》流れると同時に、瞬《しゅん》時《じ》、鋭い音と共に炉心《ろしん》にこれまでよりも一層《いっそう》まばゆく輝く青白い閃光——衝撃波《しょうげきは》——が出現し目を射《い》る。

制御棒抜去と同時に炉は高出力《こうしゅつりょく》状態となるが、瞬発的《しゅんぱつてき》に炉の自己制御反応が起き、高《たか》い出力状態は一瞬《いっしゅん》で終わる。

彼は、瞬《まばた》きするのも忘れて、身《み》を一寸《ちょっと》、画面に向かって乗り出し、思わず手《て》を固く握ってこの一連の動画《どうが》を食い入るように眺《なが》める。画像《がぞう》に挑発《ちょうはつ》されているような彼の状態を、人がみたらどう思うだろうか。

このようにして初めて彼は、「青き光みし者」となったのだ。この青い光で画《えが》かれた映像《えいぞう》は、今なお時折、彼の脳裏にも兆《きざ》し自動的に再生と更新《こうしん》を繰り返している。

やはりネット上の検索でひっかかってきた文章もある。以下が、保存しておいたその文章である。どこかに、これらの断片を含む全体があるように彼は思うのだが……。

金属の断片《だんぺん》は青く発光したように思ったので、その金属片《きんぞくへん》を空き缶に収納して何分間もじっと眺めていると、やはり静《しず》かに青《あお》い光を発している。お金になる貴重な金属なのかも知れない。

空間を斜《はす》かいによぎって落《お》ちた青色《あおいろ》のシャンパングラスは、刃先《はさき》鋭い幾つかの破片《はへん》に砕《くだ》け、彼女が履《は》いているハイヒールの周辺《しゅうへん》の、大理石の床を渦巻きながら星雲状に散《ち》り散《ぢ》りになり、シャンデリアの明るい光の刀剣《とうけん》に身をさらされて真《ま》っ青《さお》な光をあたりに拡散《かくさん》させる。散乱《さんらん》するその青《あお》い輝きが、静寂《せいじゃく》の中で今、目撃者《もくげきしゃ》たちの目《め》の水晶体を射《い》る。

場面8

新しい記事

〈外は快晴。夜間に降り積もった白い雪の堆積を朝の陽の光りが照らし、雪の表面の結晶が銀色に浮かび上がっている。港の防波堤の遥か彼方、青い海原の向こうに、真っ白に冠雪している連山が浮かび上がっている。からりと晴れ上がった日にだけ見ることのできる対岸の連峰。客船が赤と白の灯台の間を通り抜け、今、外海に出ようとしている。実際はかなりの大型客船なのに、まるでミニチュア模型のように小さく見える。私は、旧小説と同様、新小説においてもそのまま使うつもりの三本の新聞記事を読み返している。これらの記事は、地元の北洋タイムズ社が発行する北洋タイムズに同じ日に掲載された、本間による新《あたら》しい記事《きじ》として扱われる。ただしこのリメイク版でも、私の判断で、事件の起きた日

付は省略し、都市名は伏せられ——記事のうち二本は○（まる）の記号に置き換え——ている。三人物の年齢部分は削除した〉

食中毒か？　患者七人集団発生

○市高岩町で嘔吐、下痢、めまいなどを訴える患者七人が集団発生した。手の皮膚に湿疹が生じた患者もいる。患者の診療にあたっている同町三馬医院の三馬駿之介院長は、「全員が地域住民で、互いに面識がある。症状からみて食中毒が疑われるが、宴会などで食事を共にしてもいないので断定することはできない。何らかの新たな感染症である可能性も考えられる」と話す。現在、保健所と協力して検査を進めているという。

ニチワン病院で廃棄予定の医療機器が盗難

○市樽見台にある北日本湾岸総合医療センター（通称　ニチワン病院）で、倉庫にあった備品や廃棄予定の医療機器の一部が盗まれていることが分かった。同医療センター広報課長の小林雪雄氏の話では、盗まれた医療機器は、廃棄するため数日間前から倉庫に保管されていたもので、盗難にあった正確な日付や時刻は不明。

新規降圧薬の臓器保護効果を確かめる臨床試験始まる

北都医科大学とその協力病院で、新しい降圧薬であるダイオタンの血圧を下げる効果と、脳卒中・狭心症・心不全などの脳・心血管系疾患に対する予防効果を調べる臨床試験が開始された。北都ハートスタディと呼ばれるこの臨床試験では、これまでの血圧を下げる治療法にダイオタンを追加した患者群（ダイオタン群）と、ダイオタンを使わずにこれまでの血圧を下げる治療法を必要に応じてさらに強化した患者群（非ダイオタン群）のデータが比較される。ダイオタンは既に我が国でも降圧薬として認可され臨床現場でも使われている。試験を統括する北都医科大学循環器内科教授の北前一朗氏は、「両患者群の血圧をできるだけ同じレベルまで降圧して比較したい。同等の降圧のもとで比べて、ダイオタン群で非ダイオタン群よりも脳・心血管系疾患の発症が統計学的に有意に少なければ、ダイオタンには降圧を超えた臓器保護効果があるということになる」と話す。同スタディは約三千例を目標に、現在、登録が進行中。追跡期間は三年間の予定だという。

場面9

事の開示

〈部屋の奥ではＴＶがついたままになっている。画面には、白いボードに張られた市街地図を前に議論している男たちが居る。「この町の人口は七千人ほどです。この町には海岸線の長いトンネルから入る海岸口と、町の背後にある山手の間道から入る山道口の二つしかありません」。「汚染の拡大を防ぐために、その出入り口に臨時の検問所を置いてチェックすべきではないか」。「いや、一時的に封鎖すべきだろう」。私はリモート操作でＴＶのスイッチを切り、自分の作業に入る。新小説の中では、病院長が癌治療装置の盗難を社会にオープンにすることを決断する場面、それに続く記者会見の場面もある〉

北日本湾岸総合医療センター（通称　ニチワン病院）では病院幹部《かんぶ》が緊急会議を開いている。

盗難にあった医療機器は、癌センター部門が使っていた癌治療装置の一部であり、患部《かんぶ》に放射線を照射するために使われる線源物質である放射性同位元素（ラジオアイソトープ）を格納した容器も含まれていることが判明。型が古くなったので、より安定して高《たか》いエネルギーを物理的に創出《そうしゅつ》可能な新《あたら》しい機種に変更したため廃棄とし、公益社団法人の専門引き取り業者が急ぎ回収に来ることが決まっていたのだが。

病院長は決断する。

「線源物質による被曝・汚染が懸念される。まず、関係機関に至急連絡しよう。市民にも注意を呼びかける必要がある。病院としての管理責任を問われることになるだろうが、とにかくやれるだけのことをやるしかない」。

退路を断ち、重大な事《こと》を世に開示《かいじ》するという決断を行動《こうどう》に移す時が、刻一刻と迫《せま》っている。会議に使われている小講堂《しょうこうどう》の窓の外ではしんしんと静《しず》かに白《しろ》い雪が降り続いている。夕闇《ゆうやみ》が迫《せま》りつつある、音《おと》もなく。盗難機器《きき》を考えた時に病院長を襲う切迫《せっぱく》した危機感《ききかん》。

深夜の記者会見。事務局長の短い挨拶に続いて、白衣《はくい》を着た病院長が発言を始めると、一斉にフラッシュが光り、記者会見のために設定された小さな部屋は数秒間、外と同じ真《ま》っ白《しろ》い世界になる。

「廃棄を予定していた癌治療機器の一部が盗難に会いました。機器には治療用放射性物質が密閉病態で組み込まれています。万一、この物質が露出すると放射線による被曝や汚染の危険性があるため、現在、行政当局とも連絡を取り合い、回収に全力を尽くしています」。

「治療用放射性物質は、コバルシウムと呼ばれるものです」。

本間のＩＣレコーダーはまだ録音を続けている。

場面10

示されない真相

〈渡り廊下が離れの部屋に繋がる所に、母屋の玄関とは別の小さな玄関があり、外と自由に出入りができるようになっている。そこに置いてあるゴム長靴のすぐ側に、たて髪をなびかせて横列を組んでいる三頭の馬の顔の雪片が転がっているのに私は気付く。午後に散歩に出たときに踏んだ新雪が、ゴム長靴の靴底の刻み模様で型取りされて、そのまますっぽり抜け落ちたのだろう。夕方になり冷えが強まるとともに、その鋳型も固く凍り始めているようだ。雪が激しく乱れ舞い始めた窓の外をみながら、私は場面10」をまとめる〉

この地区に幾つかある個人病院のうち、この地区の開拓の歴史に名が刻まれているほど古い三馬医院の三馬医師は、今、ようやく夕方の回診《かいしん》を終える。入院患者を診《み》て回《まわ》ることに時間を要し、老齢の三馬医師は招かれていたこの夜のパーティはやむなく欠席することに。

昔は結核療養所でもあったためむやみに広い病室は、先日、脳梗塞の老人が一人、自宅に戻って無人になったばかりだ。そこに突然、七人の患者が急病で相次いで入院。六人の男性、一人の女性の全員がこの町に住む顔見知りで、年齢はまちまち。

三馬医師は病室から診察室に戻り、先代から伝わる古い木製デスクの硬い感触《かんしょく》を指で触《ふ》れて確かめながら、患者に向かい合うとき医師の背後になる雪が乱舞する夜の海を見ながら考える。

患者は皆、嘔吐や下痢や目まいなどの症状が続いている。しかし検便の結果、あやしい細菌は検出されていない。食中毒《しょくちゅうどく》なら早く予防策を講じる必要がある。七人は、地元の魚卸業、冷蔵倉庫勤務、屑鉄業、自動車修理業、主婦の五人、そして無職二人とさまざまだが、各々に聞いてみると互いに接点があるようだ。

地元の魚卸業者と冷蔵倉庫勤務者は仲の良い友人で、頻繁に会っている。この二人と屑鉄業者の青木とは古くから付き合いがある。主婦というのは青木の妻である。自動車修理業者は青木家に公私を問わず足繁く出入りしており、無職の二人は時々、青木の仕事を手伝っているという。毒素《どくそ》は何なのか。しかし七人が共通のものを食《しょく》したという事実はない。口から食《た》べたものではなく、他の経路から体が汚染されたのだろうか。

全員が嘔吐や下痢そして目眩《めまい》を訴えて、昨夕や今朝、歩いて外来を受診したのだ。全員にリンパ球の減少を認め、青木と無職の二名の男は、特にリンパ球の値《あたい》が著しく低値《ていち》である。この三名には、掌の皮膚に発赤様《ほっせきよう》の強い炎症の発現が認められ皮膚が局所的に赤《あか》く腫れている。家族歴などに共通点なし。細菌かウィルスによる感染症なのだろうか。そのために免疫系の活動が低下しているのだろうか。それとも何か他に共通の原因《げんいん》や引き金となる要因《よういん》があるのだろうか。はっきりしないのは困《こま》ったことだ。示《しめ》されない真相《しんそう》に三馬医師は困惑《こんわく》気味である。

血液培養の検査結果が分かるのはまだ先だ。隣の大都市にある出身大学の医大に感染症専門の医師の派遣を求めたが、まだ実現していない。更《さら》に時間を要するだろう。夜が更《ふ》けていく。

夜、居間でくつろいでいた三馬医師のところへ病室をみにいった看護師があわてた様子で報告に来る。

患者の青木さんの容体が急に悪化し、意識レベルが低下して名前を呼んでも答えない、と看護師は言う。三馬医師は看護師と一緒に病室に急行する。

青木さん、青木さん、と名前を呼ぶが、青木は呼びかけに答えない。血圧も低下しつつある。ノルエドを急いで、と三馬医師。

看護師は、慌てて持ち込んできていた救急蘇生用カートの蓋を開け、きっちりとつまっているアンプルから一本——国産の新カテコラミン製剤ノルエドネフリン——を取り出す。アンプルの頸部をアルコール綿で消毒。アンプルの印のある側を手前にし、力《ちから》を加《くわ》えて外側に押し倒しカット。用意してあった注射器を手にし、横向きに持ったアンプルの内側《うちがわ》に注射針を挿入。内筒《ないとう》を引いて必要量の薬液を筒内《つつない》に吸い上げる。針先を上に向け、内筒を少々押して空気を抜き、医師に渡す。

三馬医師は取り敢えずの処置《しょち》としてその昇圧剤を患者の皮下に注射して、救急車の出動を要請し、宝港総合病院救急部の救急専門医の処《ところ》に搬送してもらう手続きをとり始める。深い積雪《せきせつ》と降り続く雪《ゆき》が救急車の到着を遅らせるだろう。

看護師は、広い病室《びょうしつ》のすぐ隣の狭い個室《こしつ》にいる青木の妻のベッドまで行き状況を伝え、留守《るす》を預かっている家族と急いで連絡を取る。

再び看護師は青木のもとに戻り、ベッド横《よこ》にある収納キャビネットから青木の着てきた黄色《きいろ》のジャンパーを取り出し、パジャマ姿の青木の上半身にかける。

嗅覚《きゅうかく》の鋭い彼女はジャンパーからかすかに硫黄《いおう》に似た臭い《にお》――別に悪臭《あくしゅう》ではないのだが、きな臭い《くさ》感じ――がするのに気付く。口《くち》が少しあいているポケットからかすかに青白い光りが走ったように思うが、室内《しつない》のあかりかなにかのせいだろうと思って別に気には留《と》めない。

場面11

相手の肢体

〈部屋の窓の外には、雪に覆われた白一色の夜の公園が広がっている。公園はこの家にとって庭のようなものだ。新小説の続きをまとめなくてはならないが、なかなか着手できない。そんな時、突然、公園の向こう、緩やかな傾斜の断ち切れる崖の向こうから、低く重いかすかな霧笛が聞こえてくる。その音が合図であるかのように、私はパソコンのキイ操作を始める。ここ場面11」に登場する男は北街かも知れないし、本間かもしれない。あるいはどちらでもない第三者かも知れない。同様に、ここに登場する女性は場面3」に登場したコンパニオンかも知れないし、そうではなく他の女性かも知れない〉

窓の外《そと》では、夕方《ゆうがた》から降り始めた夥《おびただ》しい量の粉雪《こなゆき》が、やはり夕ガタから強《つよ》まり始めた風にあおられて斜めに空間をよぎっている。それはまるで多数《たすう》の白い弓矢《ゆみや》のようでもある。

連日の吹雪《ふぶき》。一朝一夕《いっちょういっせき》では得られない降雪量《こうせつりょう》の多《おお》さ。強く吹く風に、青い建物の屋根に積《つ》もった雪が三角波のような渦《うず》を巻《ま》いている。幾つもの雪の渦巻《うずまき》が、屋根の積雪《せきせつ》の上をころころ転《ころ》がりながら過《よぎ》っていく。街灯《がいとう》の紡錘形《ぼうすいけい》の灯《ひ》の帯《おび》の中に、おびただしい数の雪片《せっぺん》が空間から紡《つむ》ぎ出された銀紙《ギンガミ》のようにギンギン光り輝きながら舞っている。

波止場近くのホテルの暖かな一室。部屋の窓の外側には雪がべっとり貼りついている。ベッドのシーツの上には、紡錘形の女性《じょせい》の裸体《らたい》。女体《にょたい》は、ベッドの枕元近くに置かれたスタンドの白いシェード付きの灯から洩れる穏やかな光に、熟《じゅく》した果物《くだもの》のように照《て》らし出されている。シーツの足元には女《おんな》が着《き》ていた衣類が散乱している。

今、果実《かじつ》のようにたおやかな肢体《したい》の女は、ベッドの上で仰向けになり、右腕を顔に伸ばして肘《ひじ》の部分から一寸《ちょっと》曲げて顔半分をおおい、左腕を胸の上に置いて露《あらわ》になりそうな両の乳房を隠している。顔と胸《むね》を腕《うで》で隠している女が身に着《つ》けているのは、下《か》腹部《ふくぶ》を覆《おお》う下着《したぎ》だけだ。

シェードに照らされているシーツの上に横たわる女《おんな》。その彼女《かのじょ》のショーツは、ベージュ色の杉綾模様のレース《lace》が一列続くと次の一列は白い透明感のある布地となり、また杉綾模様のレース《lace》が一列続き次に白い透明感のある布地が一列続くというように、レース《lace》と布地が交互に、女体《じょたい》の上でまるで追いかけっこレース《race》を反復《はんぷく》しているようだ。

男は、仰向けに横たわっている女の下着の上部にある、透明感のある布地の部分の両端《りょうたん》に両手《りょうて》をかけ、ゆっくり下《した》にずらしていく。下腹部にしげる逆《ぎゃく》三角形の黒い細い糸《いと》のような繁茂《はんも》が露出《ろしゅつ》したところでその動きはいったん止まる。

続く場面で、男の今夜の相手《あいて》の肢体《したい》は、仰向けから腹這いの形に変わっている。下《した》着《ぎ》が下方《かほう》にずらされたままであり、尻のなだらかな盛り上がりと左右の尻を分割《ぶんかつ》する線がくっきりと浮かび上がっている。

腹這《はらば》いの姿勢から女の尻は高くもちあげられ、持《も》ち上《あ》げられると同時に女の背《せ》はゆるやかな曲線を描く。女が何か言《い》うが男には聞き取れない――イヤ、イヤ、なのか、それともイィヤと言ったのか――。

下着はさらに下方にずらされ、花《はな》の蕾のような皺《しわ》のすぼまりがわずかに顔を覗《のぞ》かせる。今度ははっきり聞き取ることができる――ソレ以上、下《さ》げたらダメ、見《み》えちゃう――。だがやがて下着はそれ以上、下《した》に下《お》ろされてしまう。

今、下着は女のわずかに開脚《かいきゃく》した両の太股《ふともも》――少し開《ひら》いてV字の逆《さか》さの形になっている――の中程にとどまり、ちょうど股間《こかん》の内側にあたる縫い込みのある布地の部分が左右に大きく引《ひ》っ張《ぱ》られている。その布地には縦《たて》に錯綜《さくそう》する花弁《かべん》模様がうっすらと、しかし割《わり》にはっきりと——熟れた果物《くだもの》からこぼれた黄色の濃《こ》い果汁《かじゅう》のような色が——しるされている。

ショーツは、両の太股を滑り両足首から抜去《ばっきょ》され——抜《ぬ》き去《さ》られる時、白い足《あし》の裏、そして足《あし》の指の真っ赤なペディキュアがシーツの上でともに大きく踊《おど》り——、捩《ねじ》れたフリル模様で飾られた縦に走行《そうこう》する女のはじけた果肉《かにく》のありさまがありありと、背後《はいご》から男の視野にさらされる。

縦に走《はし》る彼女の割《わ》れた果肉を目にしながら男は、納まっていた下着内にもはや戻《もど》るすべもないフリルの、その捩《ねじ》れた動線《どうせん》に心動《うご》かされる。

腰はまだ持ち上げられた逆《ぎゃく》V字の形のままだ。今、女の背は更《さら》に大きなカーブを描いている。女の上半身は、シーツ——所々がしわになっている——に押し当てた顔と、その顔を挟む形で二本の矢《や》のように交錯《こうさく》している両手《りょうて》が支えている。やがて女は、大きなため息をつく。真紅のマニキュアが施されている両手の指先が、皺の刻《きざ》み込《こ》まれている白いシーツを掴《つか》もうとしている。北国《きたぐに》の夜は更《ふ》けていく。

ベッドの枕元のヘッドボードには、樹木の枝が絡《から》み合ったような模様――各枝《かくえだ》とも薄い金色《きんいろ》に彩色《さいしき》されている――が刻印《こくいん》されている。

男は女のさらさらとした感触の左右の尻と左右の腿の合わせ目に真っ直ぐに伸ばした両手を当て、各指《かくゆび》すべてに圧を加えて左右に大きく開こうとする。今、最初の圧が加わる。続けて圧が加わり続けるだろう。

なだらかな背をみせている女の洩《も》らすため息とともに突然、男の耳にこの北《きた》の国《くに》の窓の外、昔からある波止場の方向から長く尾を曳《ひ》く霧笛が聞こえてくる。男は窓の方にわずかに首を傾《かたむ》ける。

外はひどい吹雪だ。海上の船《ふね》は、霧《きり》ならぬ雪《ゆき》で視界《しかい》が効かないのだろう。船の窓には力強い風に吹きつけられた雪がべっとり貼《は》りつき霰《あられ》の攻撃も散々《さんざん》受け、所々に貝《かい》が落ちている甲板にも雪が積《つ》もり雹《ひょう》も降り、所々で帆が剥《は》がれそうなマストは雪の結晶や凍りついた霜《しも》に包まれているに違いない。雷《かみなり》も鳴っているだろうか――いま男の視野《しや》には剥《む》きだしになった花の蕾《つぼみ》のような皺襞《しゅうへき》の集積《しゅうせき》が――。視界が悪い中、航路《こうろ》を誤れば座礁や転覆《てんぷく》の危険もあるだろう。

皺《しわ》のある白《しろ》いシーツをしっかり掴みながら女は、背中《せなか》の上《うえ》に一瞬漏《も》れ流れた沈黙に気づき、後《うし》ろをみようと身体《からだ》を少しひねり、首をわずかに背後《はいご》に回す。女の今夜の相《あい》手《て》の肢体《したい》が彼女の目を射る。

男は、両膝をついたまま上半身《じょうはんしん》を真っ直ぐに起《お》こし、両手を体の両脇に垂らし、窓の方にわずかに首を傾けて、聞《き》き耳《みみ》を立《た》てている――あるいは何かに己《おのれ》を奪われている――ようだ。彼の股間では、屹立《きつりつ》した物《もの》が小刻みに律動を繰り返している。

男が、窓に向かって少し傾《かし》げた首を元の位置に戻すと、女の腿《もも》の内側に漏洩《ろうえい》した粘液が、一筋の細い糸をひく航跡《こうせき》を描きながら腿の反対側に回り込む有様《ありさま》、そのようにして彼の視界から退《ひ》いていく様子《ようす》が見て取れる。

今、男の唇が女の縦の走行線に触《ふ》れ、今、女の唇が男の律動する一物《いちもつ》と接触《せっしょく》する。

突然、女の甲高い音声《おんせい》が響《ひび》く。イヤ、イヤ、イィ、ヤ、ヨシテ、ヨシテ、ソレョ、シテ。

部屋の壁に反響《はんきょう》するような女の声音《こわね》を耳にしながら嗅覚の鋭い男は、脱がしたばかりのショーツ――今は女の足首のそばのシーツの上、彼の膝の前にある――からつんと鼻を突く麝香《じゃこう》のような香《かお》りがするのに気付く。その芳香《ほうこう》が男の全身《ぜんしん》を射抜《いぬ》く。

場面12

体の診断

〈かつて、小説「青き光みし者」の中で、私はこう書いたのだ。——発端は、携帯型線量計のアラーム音である。青木の治療にあたる放射線科の医師はこの日、いつも診察衣の胸ポケット横に付けているフィルムバッジの他に、ポータブルの線量計を持っている。フィルムバッジは後日、改めて放射線量を積算する必要があるが、携帯型線量計を使うとリアルタイムで即刻チェックすることができる。この時、放射線科医たちが携帯型線量計を所持していたのは、放射線治療に携わる自分たちの放射線被曝リスクを調査し論文にまとめるためである——。リメイクを試みている新小説の場面12」は、こうした背景のもとで書き継がれる断章となるだろう〉

三馬医院から救急車で宝港総合病院に搬送された青木は、検査のためにストレッチャーでCT室に運ばれる。付き添っている看護師は「大丈夫ですよ、青木さん」と声かけを続けている。青木の意識はおぼろだ。

CT室《しつ》に放射線科の医師が入室《にゅうしつ》する。医師の診察衣のポケットの中にある携帯型線量計がアラーム音《おん》を発する。続いて同僚の放射線科医が入る。やはりポケットから同様に警告音《けいこくおん》。二人の放射線科医は突然のアラームの音《オト》に驚いて顔を見合わせる。線量計は異常に高い値《あたい》を示す。

部屋に居合わせた医療《いりょう》スタッフの一人が、白衣《はくい》の裾をひるがえさせながら急いで、放射線事故対策のために常備されている高精度の放射線測定器を備品室に取り行く。備品室前の廊下は暖房が効いていないので、はく息《いき》が白《しろ》い。

白衣《びゃくえ》の裾を幾重《いくえ》にも翻《ひるがえ》させながら飛ぶ矢《や》のような勢いで医師たちのもとにスタッ

フが戻ってくる。備え付けのガイガーカウンターがＣＴ室に持ち込まれる。

青木の側で、そのスイッチを放射線科医が押す。その途端、針は異常な数値《すうち》まで跳ね上がる。

青木の着衣や体表面は放射性物質に汚染されていることが判明する。

最近購入したばかりの全身放射線計測精密検査で、青木の体内も汚染され、内部被曝を受けていることも明らかになる。

医師たちは、嘔吐や皮膚病変などの青木の症状は、どういう状況でのものかは不明なものの、放射線被曝による、と青木の体《からだ》の診断《しんだん》を下す。

宝港総合病院では、かねて準備してあったガイドラインに従って、一連の対策を実行《じっこう》に移す。初めての行使《こうし》である。

救急部から病院長に報告《ほうこく》が入《はい》る。病院長は市の消防局、保健所、警察本部、そして文部科学省に一報《いっぽう》を入《い》れる。市も報《しら》せをこれらの施設に完璧にフィードバックする。どの関係部署も欠《か》けることなく次々《つぎつぎ》に情報を入手《にゅうしゅ》することに。

地域の被曝医療の専門医から成る特別治療チームも招集される。病院のガイドラインは有効に作動し、かねてからの用意は空準備《からじゅんび》に終わらないで完遂される。

青木の身につけていたものは、放射性廃棄物《はいきぶつ》として処理され棄《す》てられる。全身の洗浄も行われるだろう。内部被曝による症状に対しては、被曝医療チームによって免疫の状態を考慮した治療法が選択されることになろう。

青木を運んだ救急車と救急隊員、運び込まれた病院の処置室や医療スタッフの汚染《おせん》度《ど》を測定し、必要ならば除染《じょせん》を行うことになる。

放射線源の特定のために三馬医院に入院している他の六人の患者に対する聞き取りも始まる。放射線源との接触の場所、被曝や汚染の程度などもはっきり示されることになるだろう。三馬医院も含めて、患者の自宅や勤務先の放射線量も緊急に測定されるだろう。

青木のように体内での被曝もあれば、放射性物質を体外に排泄させるための除染薬《じょせんやく》などの投与も必要《ひつよう》になるかもしれない。体内に染《し》み込んだ放射性物質を取り除《のぞ》く治療には、根気が要《い》るに違いない。

町中にまだ汚染者が居る可能性もある。汚染の拡大を防《ふせ》ぐため高岩町と市中央を繋ぐ長いトンネルの出入《でい》り口と、背後の山から高岩町へとおりて来る間道にしばらくの間、臨時の施設《しせつ》が設《もう》けられ、出入《ではい》りする住民の汚染の有無がチェックされるかも知れない。

高岩町の住民は山の中腹にある小学校に招集され、汚染《おせん》の有無がチェックされるだろう。小学校の体育館横にあるシャワー室で、汚染された体をシャワーで除染《じょせん》する必要がある住民が出る可能性もある。

酸素ボンベを背負って呼吸を確保し、鉛《なまり》入《い》りの防護服で身体を護った完全フル装備の隊員たちが、青木の仕事場の中に入《はい》っていく。何人《なんにん》も何人《なんにん》も続けて入《はい》っていく。鉛板《えんばん》の重《おも》たさが隊員たちの動作《どうさ》を鈍らせる。ゆっくりと身を動《うご》かし作業場に踏み込む。

小型の持ち運び用の放射線測定器のスイッチをオンにすると、すぐに異常な値《あたい》を示す。数値《すうち》は資材置き場で最高に達する。その場所で、買い取った盗品の癌治療用装置を解体し、格納されていた放射線を発する密封《みっぷう》線源を取り出そうとしたに違いない。建物は取り壊され、汚染物はドラム缶に封《ふう》じ込められるだろう。その近辺は立入禁止となるだろう。

場面13

断たれる煙

〈この場面で描写されるのは一枚の油絵だ。すでに場面2〉で本間がホテルに到着したときに目にした油絵である。この街に生まれ没した郷土画家が描いたこの絵を、私は実際に見たことがある。港の見える桟橋のバルコニーに佇んでいる若い女が、船着き場に繋留されている小型蒸気船――大きな蒸気船を離着岸させるためのタグボート（曳き船）かもしれない――から空に真っ直ぐ昇るけむりを眺めている縦長の構図の絵だ。郷土画家が三十歳台の昭和初期の作品である。蒸気船というのは石炭を燃料とする船で、それまでの帆走による和船である北前船（きたまえぶね）――江戸初期から明治中期頃まで、北海道（当時の蝦夷地）と日本海側の港に寄り、下関から瀬戸内海経由で大阪までの間を往復して交易をした回船――そして、その後に登場した西洋型帆船などに取ってかわることになる。絵の中で若い女が立っている桟橋にはビヤホールがあり、昭和初期、本州から蒸気船に乗って移住してきた人々を受け入れる休憩所でもあったようだ。一息つくためロビーに出てきた本間は、今度はゆっくりとその油絵を眺める〉

港を見晴《みはる》かす桟橋のバルコニーに立っている若い女が、波止場に係留されている小さな蒸気船の煙突から吐《は》き出され、上空に渦巻きながら垂直に昇るけむりを眺めている。快晴《かいせい》。そのバルコニーからの見晴《みは》らしは素晴《すば》らしい。

そのちいさな蒸気船は、波止場からコの字型、というよりもコを裏返しにした形に突き出した船乗り場——上面が薄緑色、側面が白色《はくしょく》に塗られている——に停泊《ていはく》している。けむりは、黄土色に塗られた煙突からまるで蒸気のように吹《ふ》き出しており、焦げ茶色《ちゃいろ》の色彩《しきさい》が施されている。海は、紫のカラーを基調として彩色《さいしき》されているが、所々、緑あるいは青の彩《いろど》りも見て取れる。その光彩《こうさい》の変化は波の動《うご》きを表しているのかも知れないが、画面から波動感《はどうかん》が伝わってくるわけではない。むしろ波は止《と》まったまま、その場に留《とど》まっているようにも思われる。海《うみ》の色にバリエーションがあるのは、海面《かいめん》にあたって反射する異なった色の光を画家の目が知覚しているからなのだろう。

娘《むすめ》は左斜め背後の方向から描かれており、表情は分からない。項の所で二つ編みにされた髪の先端《せんたん》が両肩にかかっている。けむりと同じ焦げ茶色の長いワンピースを着ているが、その裾は絵の画布の下端《かたん》によって断《た》ち切《き》られており、その切断《せつだん》により裾の端《はし》の形状を知ることはできない。ワンピースの焦げ茶色には濃淡《のうたん》が付けられており――濃《こ》さと淡《あわ》さの差《さ》はさほどではなく節度《せつど》がある――、ワンピースにあたっている光の角度の多様性《たようせい》や、ワンピースが持つ紡錘形《ぼうすいけい》の流れの様《さま》を充分に表現している。

彼女《かのじょ》の左手は顎あるいは口に当てられているようであり――濃い肌色に塗られたわずかな横顔がうかがわれる――右手はバルコニーの欄干に上半身を支えるように置かれている。欄干に突いている右手の描写から、ワンピースの袖は一寸《ちょっと》短くて、丁度《ちょうど》、肘の所までしかないことが分かる。

その欄干は、絵の画面を横に三分割して考えると、下の三分の一あたりの左右両端《りょうたん》から一本《いっぽん》ずつわずかに画面奥に向かって水平に伸びる柱――恐らく木《き》の柱《はしら》

――として描かれている。この左右両方向から伸びる木柱《もくちゅう》は、絵の画面を今度は縦に四分割して考えると、右の四分の一のあたりで九十度の角度で交《まじ》わっているようだ。交差《こうさ》部分が大幅に右に寄っているため、画面左端《さたん》から描かれ始《はじ》めている欄干は、画面右端《うたん》から描写が開始《かいし》される欄干と比べて、二倍以上の長さとなっている。

画面の右端にある欄干《らんかん》の向こうで、海は沖へと広がっている。それが東《ひがし》なのか西なのかは、この絵からは判断できない。

若い女《おんな》は、その欄干が直角に交差していると思われる位置の前に、こちらに背中を見せる形で立っている。欄干の交差部分――ちょうど女の下腹部《かふくぶ》の高さ――は女の姿によって遮られており、実際には描かれてはいない。女のしたばらが、欄干に接触しているのか、離れているのかも定かではない。

欄干は、ボウリングゲームに使われるピンのような紡錘形《ぼうすいけい》の構造物――恐らく木製の構造物で縦に二個繋がっている――で支えられている。画面の中に九個の紡錘形の支え――そのうち一個は女の着ている服によって半分が隠されており節《ふし》のように膨らんだ箇所だけがみえており、それと対をなすはずのもう一個の紡錘形は女の服で完全に隠されていて確かめることができない――を数えることができる。二セットの紡錘形が完全に描かれているのは四本の支柱だけである。

バルコニーの左前方には、倉庫《そうこ》のような建物《たてもの》が建《た》っているらしく、画面左端に全体の七分の一ほどの幅で、縦の帯状にその建築《けんちく》の一部が描かれている。その築造物《ちくぞうぶつ》も若い女の着ているワンピースと同じ焦げ茶色で、バルコニーとそのすぐ手前の波止場もやはり同じ焦げ茶色に塗られているが、その向こう隣は小型蒸気船の煙突と似た黄土色、もう一つ向こう隣はまた焦げ茶色、また次《つぎ》は黄土色と波止場は交互に色分けされており、波止場は光のあたる明《あか》るい部分と光りの欠《か》けた暗《くら》い部分という形に明暗《めいあん》がつけられているようだ。

恐らく波止場の焦げ茶色の部分は、画面左側に位置している建物の影ではないかと思《おも》われる。建物には長方形の窓と思《おぼ》しきものも見て取れる。下の方の長方形は人々の出入り口《ぐち》かも知れない。商品《しょうひん》の保存倉《くら》かも知れぬその建物の一部には、木立《こだち》の暗い緑色の陰影がわずかに被《かぶ》さっているようでもある。その暗い木立は所々で絵の具が少し盛り上がっており、樹木《じゅもく》の皮《かわ》が剥《む》けているようにも見える。

画面手前にある最初の影《かげ》の部分、つまり焦げ茶色に塗られているバルコニーのすぐ手前の波止場には、ポールのような細い棒が建っており、その先端は遠近法の関係から、画面の奥、海の向こうにある半島の樹影《じゅえい》と思われる山影《やまかげ》の部分に被さっている。半島の山影の部分に隣接する形で、その右側に描かれているのは赤や黄土色《おうどいろ》で彩色《さいしき》された露《あらわ》な山肌である。

波止場には、けむりを排出している小型蒸気船《じょうきせん》の他にも、三艘《そう》の小船《こぶね》が係留されている。マストや帆が描かれているこれらの小船は、蒸気船の隣に並んで描かれている。他にそれらよりも小さい舟《ふね》もあるが —— はっきりしないが恐らく三艇《てい》 —— これらの小舟《こぶね》はコの字型に突き出した突堤ではなく波止場に舫《もや》ってある。これら舫ってある小舟は、欄干の紡錘形《ぼうすいけい》の支柱に近いあたりに描かれている。

欄干に置かれている若い女の右手のすぐ横《よこ》に、棒《ぼう》に付いた赤い小さな旗《はた》が二《ふた》つ、縦に間隔を置いて描かれている。其《そ》の棒が据えられているのは船《ふね》の甲板かも知れないが、定かではない。しかし、それが位置しているのは明らかに波止場の陸地を外《はず》れた海《うみ》の部分であり、従って船上《せんじょう》 —— そこに赤く描かれている太い二本線《にほんせん》は船体《せんたい》なのか —— である可能性が高い。

二つの赤い小さな旗のすぐ横には、恐らくコの字型に突《つ》き出しているに違いない突堤《とってい》の一部が、コを裏返しにした向こう側の突堤と一対一で対応《たいおう》しワンセットになる形で描かれているようで、色も照応《しょうおう》している。波止場とコの字型の突堤、コを裏返しにした突堤の間を内海《ないかい》とすると、その突堤を超えた沖には、外海《がいかい》が広がっている。

外《そと》の海《うみ》にも、数隻の船舶《せんぱく》——板《いた》のはられた甲板《かんぱん》が白《しろ》く塗られている——が浮かんでいる。

縦長の画面上部に向かって垂直に立ち昇るけむりの背後、主に紫色に塗られた海の彼方に、赤土《あかつち》が一部露出《ろしゅつ》した岬がみえる。岬の上空は薄緑色に塗られている。

縦方向《たてほうこう》に次第に輪郭が拡散《かくさん》し散《ち》り散《ぢ》りに拡がろうとしているけむりは、小型蒸気船の煙突《えんとつ》を起点として紫の海、炎《ほのお》のような赤色《せきしょく》の肌理《きめ》細かい山肌《やまはだ》が露呈《ろてい》している岬、淡《あわ》い緑色の空を縦断《じゅうだん》して画布の上端《じょうたん》で断《た》たれている。

場面14

煙突

〈旧小説「青き光みし者」には、雪の夜に開かれた懇親パーティの会場で、須貝が北街に語った海外でのある出来事が盛り込まれていた。須貝はこの街の隣にある大都市の大学病院救急部の医師で、旧小説の中では北街のライバルに設定されていた。その苗字に二つの貝のかたちが読み取れるこの男と北街は、この地域の「放射線同位元素事故対策マニュアル」の作成スタッフでもあった。放射線同位元素というのは、放射線を発する物質（放射性物質）であり、広い分野において種々の目的で利用されているが、医療の現場でも色々な疾患の診断や治療に使われている。ラジオアイソトープとも言う。須貝という名前は既に場面2」で見つけることができる。なお文中にある「赤紫色の丸」は原子核を、「銀杏の葉のような形の図形が三つ」は、原子核から飛び出すα線、β線、γ線という三つの放射線を現しており、放射性物質を扱う管理区域で、注意を喚起する表示マークとして使われているものであることを付言しておこう〉

須貝《すがい》は最近、インターネットのニュースで読んだといって、欧州の一《いち》都市で起きた出来事を話題にする。

六歳《ろくさい》になる二人《ふたり》の男の子が、危険物であることを示す放射線マークの付いた囲《かこ》いを使って空き地で遊んでおり、その囲いの内側から突き出た煙突《えんとつ》――その大きな太い煙突には黄色の大きな貝《かい》のマークが付いている――から白い水蒸気がけむりのようにモクモクと上空に垂直に立ち昇り渦巻状になっている。それをみて驚いた近所の住民が公共機関に通報し、大騒ぎになったというのだ。

その放射線マークは中央に赤紫色の丸があり、その丸よりも数倍大きい同心円の弧に沿って、やはり赤紫色に塗られた銀杏の葉のような形《かたち》の図形《ずけい》が三《みっ》つ、等間隔で配置されている。赤紫色以外の部分は黄色く塗りつぶされ、これら黄色の領域は三つの図形の外側、同心円の内側を囲繞《いにょう》している。

須藤と一緒に、医療分野におけるこの種の事故の対策マニュアル作成に携わった北街には、事態が手にとるように分かる。そのマニュアルが想定している発生状況とは異なるかもしれないが、北街は、この事故を自分たちが作ったマニュアルに当てはめてみる。

病院に第一報が入る。「はい、こちら救急部」。白い診察衣姿の医師が受話器を耳に当てる。「えっ、被曝事故が発生？　まだ状況不明？　その可能性ですか、子供ふたり？　分かりました。被曝を前提に準備します。当院への到着予定時刻を教えて下さい」。救急部の医師は、さらに放射線科へ連絡し受け入れ体制の準備を依頼する。救急部は一時的に暖房が故障していたため、外部の冷気が侵入し、白衣《はくい》の医師のはく息《いき》は白《しろ》い。

「放射線に被曝した可能性がある二人組《ににんぐみ》の子供が、搬送されて来ます。被曝線量は不明です」。救急部の求めに応じ放射線科の医師数人が協力して、放射線測定装置のチェックなどの準備を始める。

救急部では普段使っている処置室《しょちしつ》の一《ひと》つを、被曝者を直接収容して対応する処《ところ》として一時的な管理区域に設定し、床《ゆか》にビニールシートを撓《たわ》みのないように几帳面《きちょうめん》に敷いて汚染に備える。床の端にある木《き》の桟《さん》の部分もていねいに覆う。処置室《しょちしつ》入り口の壁に、注意を喚起するため放射線の警告マークが描かれた大きな標識ステッカーが直《じか》に貼られる。

そのマークは黄色をバック地とした大きな円形《えんけい》の中央に赤紫色の丸があり、その丸よりも数倍大きい同心円《どうしんえん》の円弧《えんこ》に隣接する形で、銀杏の葉《は》を模したような形の赤紫色の図柄が三葉《さんよう》、等しい間隔で置かれている。赤紫色の丸と図柄以外の部分は、黄色で塗りつぶされている。

すみやかに、現場に到る数本の道路が封鎖される。自治体はその責任者の名において、住民が外に出ないで室内に退避しているように呼びかける。警察と消防は各々《おのおの》、管轄《かんかつ》する本庁に連絡《れんらく》を上げていく。電話で、メールで。救急部から報告《ほうこく》を受けた病院長は、市の消防防災センター、警察本部、保健所、そして文部科学省に一報《いっぽう》を入れ、市も報《しら》せをこれらの施設に流す。こうして緊急事態の発生が、効率よく分割《ぶんかつ》された各《かく》経路を介して障害《しょうがい》なく次々《つぎつぎ》に欠《か》けることもなしに関係部署に伝《つた》わり、云《い》われた情報が共有され伝達《でんたつ》が完了する。

病院内部でも、救急部から放射線科へ、放射線科から救急部へと、被曝者《ひばくしゃ》情報の連絡と再確認《さいかくにん》が相互に複数回行われる。しかし、放射線に曝《さら》されたかも知れない子供達――年は六《むっ》つ――の確《たし》かな情報の入手は満足とは言い難い。

救急部《きゅうきゅうぶ》医師の一人《ひとり》は、二《ふた》つある処置室のうち奥の処置室の側壁《そくへき》にある四《よっ》つか五《いつ》つの放射線状《ほうしゃせんじょう》の茶褐色をした染《し》みに気づく。その糸《いと》がからまったような模様は、出血《しゅっけつ》患者の処置の時に、血《ち》が跳ねて飛んだのだろうか。そんな形で壁《かべ》がいつ血液に曝露《ばくろ》され汚染《おせん》されたのか、医師の記憶にはない。しかし記憶の壁を通り抜け、ついにそれは、細かく定められていた院内の就業規則に縛られ汲々《きゅうきゅう》としていたあの頃、四《し》、五《ご》年前に来院した交通事故患者――衝突で潰れた自動車の中から急《いそ》いで救《すく》い出された――のものに違いないと思い始める。

通報や連絡といった初動対策は十分に機能したようだ、と須藤は言う。結局、子供たちが使っていた警告マークは、古いコンピュータのカバーに、インターネットからプリントした放射線マークを貼《は》り付けた偽物《にせもの》、煙突は本物だがゴミ捨て場からの収集品、煙突にある黄色の貝《かい》のマークも印刷物、白い水蒸気のけむりはドライアイスとお湯を使った甲斐甲斐《かいがい》しい演出であること等が分かって一件落着となったのだが、はからずも対応する側の実地訓練となったというのが関係者の偽《いつわ》りのない心境だったようだ、とも須藤は話す。

今、北街はマニュアルに合致する様々な状況について考えている。

現場から病院へ第一報が届《とど》く。放射性物質が駅でばら撒《ま》かれ、居《い》合わせた数人の被害者が出たらしい。犯人は、あいそとーぷ、あいそとーぷ、おまえら、ひばく、ひばく、と叫びながら逃走《とうそう》したという。難を逃《のが》れようと逃《に》げる時に、散《ち》り散《ぢ》りになってしまった家族もいるようだ。休日だというのに、散々《さんざん》な目にあっている人たち。汚染・被爆を防《ふせ》ぐためのゴーグル、マスク、手袋や防護服《ぼうごふく》で身を固《かた》めた、管轄内の最寄りの複数の消防署の救急隊員、その数七《しち》〜八《はち》人がまず先陣《せんじん》を切って現場に到着する。被害者の側に陣《じん》取って、汚染度を線量計で確かめる。搬送シートに包まれ救急車内に収容される九人《くにん》の汚染者たちあるいは内部被曝被疑者《ひぎしゃ》たち。救急車内もビニールシートを敷いて汚染に対する備えがなされている。

救急車内から病院に第二報が発せられる。

「大がかりなテロではない模様です。被害者の汚染も軽度です。汚染者、内部被曝疑《うたが》い者はあわせて、きゅうにん、です。放射性物質の種類は、まだ不明」。

関係者は口《くち》を揃《そろ》えてこれを自分たちの間でも繰り返す。七《なな》つ八《やっ》つ九《ここの》つと質問をくりだす取材者たちの前《まえ》でも。

雪道で今、放射性物質を運搬途中のトラックが交通事故に巻き込まれ、トラックは積み荷もろとも炎上《えんじょう》している。出動要請を受けて、ゴーグル、マスク、手袋、防護服で全身を固守《こしゅ》した救急隊員や消防隊員が現場に到着する。十台《じゅうだい》の車が事故にあい、火《ひ》もついて、重大《じゅうだい》な状況になっている。

古い建物に面した道路の雪の深《ふか》みに突っ込み、チェーンを付けた車輪《しゃりん》を深雪《しんせつ》の中でむなしく空回《からまわ》りさせている車《くるま》もある。動き出せず運転手《うんてんしゅ》が逃げ出し空車《くうしゃ》になった車《くるま》もある。十《とお》を数える事故車《じこしゃ》のあたり一帯に炎《ほのお》と煙が立ち込めている。

今にも雪が降り出しそうな雪催いの北国の空である。救急車やパトカーの鋭く長いサイレンの間を縫って、港近くにある製缶工場の太く鈍いサイレンが短く鳴り響く。

宴会場で須貝が北街にインターネットで読んだニュースを話している、その同じホテルの一階にある会議室には北前教授が居る。教授は、近々開催予定の座談会の進行案について、スポンサーであるシットノバロン社の学術部のスタッフたちから相談を受けている。座談会には司会の北前教授を含めて、四人の循環器専門医が出席する。そのうちの一人は、海外で既にダイオタンの大規模臨床試験を実施した米国人である。その打ち合わせの会議室には、シットノバロン社の広告を一手に引き受けている外資系広告代理店の担当者、その座談会の内容を掲載する医学専門雑誌の営業担当も同席している。

広告代理店は、ダイオタンの情報発信の企画を専属に請け負っている。ダイオタンの学術情報の収集、その情報を踏まえた製品広告制作など —— パンフレット、雑誌広告などの紙媒体からインターネットを使った電子媒体まで —— も広告代理店の役割である。ここに出席している広告代理店の経営母体は世界的に有名な英文医学誌も出版している。

日本人医師を対象とするその医学専門雑誌は、広告代理店の要請を受け、出版している雑誌の一般記事の中に、座談会やインタビューなどダイオタンをめぐるシットノバロン社の提供記事――スポンサーが付いた記事広告と分かるように製薬企業名が記載されている――を数頁掲載し、読者である医師に対して情報提供を行う。

この情報には、ダイオタンの薬剤特性や臨床データだけでなく、ダイオタンの我が国における適応症である高血圧に関する最近の知見、さらには高血圧と関連する心臓、脳、腎臓などの新しい話題などが盛り込まれる。米国人医師とのコンタクトは、広告代理店と医学専門雑誌が協力して行うことになる。コンタクトには、頻繁なメールのやりとりが必要となるだろう。

金を出す側と金を受け取る側の鉄則――要望を出す、その要望に応える――は医薬品もまた例外ではない。ただ、出てくる要望やそれに応じる内容は、医薬品医療機器等法（旧薬事法）や業界の自主規制であるプロモーションコードなどの縛りの中での勝負となる。

打ち合わせをしている会議室のテーブルの上には、座談会を掲載予定の医学専門雑誌が置かれ、ダイオタンの広告を掲載した頁が開《ひら》かれている。そこにはトロフィが金色《きんいろ》で描かれている。トロフィの下《した》の部分は円《まる》い筒《つつ》の形をした台座になっており、上《うえ》の部分はVの字の形をしていて、そのVの開口《かいこう》部に嵌入《かんにゅう》された黄金色《おうごんしょく》に光る円球《えんきゅう》を受け止めている。トロフィと球のバックは同じ赤色《せきしょく》——部分的に陰《かげ》りがあって暗かったり陽《ひ》があたって金色に輝いていたりと色調《しきちょう》に変化が認められるが——で統一されている。

陰《いん》に陽《よう》に、すべてがダイオタンの処方を後押しする形に動いていく。

打ち合わせでは、当日の座談会は米国人専門医によるダイオタン海外大規模臨床試験の成績の紹介、続いてその臨床的な意義と適用の実際、有害事象——軽いものから重いものまでの副作用――を踏まえたダイオタン使用上の留意点などをめぐる出席者全員での討論、最後に北前教授による北都ハートスタディの持つ意義とその試験プロトコールの紹介、といった流れになることで一致する。

座談会の内容を原稿としてまとめる作業は、これまでもダイオタンの記事を担当してきたフリーの医学ライターであるMT氏に任せることになる。その原稿はいつものように、スポンサーであるシットノバロン社と出席した医師たちのチェックを受けてから掲載される。スポンサーは販売上の戦略から、医師たちは医学的な視点から、必要な箇所があれば修正するだろう。

打ち合わせが終わると、宴会場で行われているパーティに出席するために、北前教授は部屋を出る。パーティ会場に向かって歩きながら教授は呟く。プラセボを使った二重盲検試験は講師の頃にやったことがある。随分昔のことだ。北都ハートスタディはプラセボを使わない実薬同志の比較だ。プラセボ、つまり偽薬《ぎやく》なしの臨床研究。北都ハートスタディに、偽《いつわ》りの薬《くすり》は使われていない。

会場は霜華だったな。かなり遅れてしまった。うちの講師はもう来ているだろう。北都ハートスタディの目的や方法などをまとめたデザインペーパーは、結局、どの海外出版社にアクセプトされそうなのか彼に確かめなくては。北都ハートスタディを紹介するときに、引用しておく必要があるからな。おや、今、会場から出てきたのはこの前、取材に来た北洋タイムズの記者だ。本間という名前だったな。随分と急いでいる。何かあったのかな。

同じホテルの一室では、長期滞在している若いシナリオライターの町田が原稿執筆に取り組んでいる。依頼を受けた放射線被曝事故をテーマにした作品だ。

町田はその資料となるDVDの画像を何度もみる。今、銀色に輝くメタリックのポータブルDVDプレーヤーにまたディスクをセットしている。DVDは、水平・垂直方向に走る何本もの青い帯を背景に「青い光りを視た男たち」というタイトルの出現から始まるドキュメンタリー映画で、医療用放射線による被曝と戦う人間たちのドラマが描かれている。

ドキュメンタリー映画のある場面では、ゴーグルで両目を覆い、防護マスクをして防護服を身につけた男が家を解体して、汚染された廃棄物をドラム缶に詰めている。

ある場面では、運動場のような広い部屋で、長い列を作って待っている住民たちがいる。白ずくめの服装の男が、住民たちの放射能汚染の有無をガイガーカウンターでチェックしている。

ある場面では数人の男が、壁にかけたスクリーンにパソコンから投射された市街地図をにらみながら意見を交わしている。一人の男が、レーザーポインタで地図に青い光りを当て、この町は人口七千人ほどです。海岸に沿って走る長いトンネルからと、背後の山手からの二つしか、この町に入る方法はありません、と地勢を説明している。場面外から、町中にまだ特定されていない汚染者が暮らしている可能性がある。汚染拡大防止《ぼうし》のため、その出入り口で行き来する住民の汚染の有無をチェックするのが賢明ではないか、との低い男の声が聞こえる。

ＤＶＤには、被曝との戦いのさなか、港で工場の高い煙突から立ち上るけむりをみている女性も描かれている。真っ直ぐ空に立ち昇るけむりの遥か対岸には、赤い粘土層が露呈している半島と、その麓に石油を蓄《たくわ》えている円い茶筒《ちゃづつ》のような同《おな》じ形をしたタンクの群《む》れがみえる。それら備蓄《びちく》タンク群《ぐん》は、太陽の光りを浴びて白銀色に輝いている。

若手《わかて》シナリオライターは、自分の作品には放射線被曝事故の視察官である男とある女《おんな》との交情《こうじょう》場面も描こうと考えている。町田はそうした情景《じょうけい》の描写が得意というわけではないが、かといって苦手《にがて》というわけでもない。

青《あお》い色にプリントされているその場面では、ホテルのベッドの上で裸体《らたい》となった、果実《かじつ》のようにしなやかな肢体《したい》の若い女性《じょせい》が、上《うえ》を向いて横たえた体《からだ》を少し片側に反《そ》らせ両足で上体《じょうたい》を上手《じょうず》に支《ささ》えながら、左腕を顔に伸ばして肘《ひじ》の部分から一寸《ちょっと》屈曲させて顔半分を隠蔽《いんぺい》し、右腕を下腹部に伸ばし、伸ばしながら掌《てのひら》を一杯《いっぱい》に広《ひろ》げ、拡《ひろ》がった掌の下からあふれ出ようとする茂み、そして繁みの背後《はいご》の皺襞《しゅうへき》から顔を覗《のぞ》かせようとしている物《もの》を男の視線《しせん》から隠《かく》そうとしているだろう。部屋の壁《かべ》を背《せ》にして女を見ている視察官の一物《いちもつ》は勃起したまま、力強く規則正しい脈動を反復《はんぷく》しているだろう。ベッドの横《よこ》にある窓にかかっている黄色《きいろ》の両開《りょうびら》きのカーテン —— 今は閉《し》められているが、幾重にもある折り襞《ひだ》が皺《しわ》のように見《み》える —— の合わせ目《め》のわずかに開《ひら》いた部分からは、包皮《ほうひ》から剥《む》かれたような先の尖《とが》った小《こ》ぶりの月《つき》が少《すこ》し顔を覗《のぞ》かせているだろう。

場面15

突き出た景色と臨床現場

〈この場面15〉で描かれるのは、新聞記者の本間が行った三つの取材に関するものである。取材現場のうち二本は○（まる）市の高岩町と樽見台、そして残りの一本は○（まる）市の隣の大都市である。北洋タイムズに掲載されたその記事は場面8〉で読むことができる〉

食中毒疑い患者が出た小さな港を持つ高岩町《たかいわまち》は、市の西北に位置し背後を所々《ところどころ》で赤い岩の露出する小高《こだか》い山山《やまやま》に囲まれ、その山々《やまやま》から海に向かってなだらかに傾斜する山腹《さんぷく》に民家が密集している。

この高岩町と市への入り口を直接繋いでいるのは、海岸線に沿って走る一本の自動車道だ。この自動車道は中央に長いトンネルを持つ。山腹《さんぷく》の背を大きく回り込み、山《やま》と山《やま》の間《あいだ》を抜けて町中へと歩《ある》いていくことも可能だが、山間《さんかん》の細いうね道を徒歩《とほ》で踏破《とうは》しなくてはならない遠足《えんそく》まがいのことをする住民はほとんど居ない。

にしん漁で栄えた高岩町はかつて、行政上は独立した地区であったが、隣接した市に組み込まれ統合されて久しい。港には、横長《よこなが》あるいは縦長《たてなが》の長方形《ちょうほうけい》の板を幾つも張り合わせて四方の壁とした、一世紀以上も経過した木造の家屋《かおく》が幾つか、辛うじて家《いえ》としての原形を保ちながら残っている。それらは今なお出番《でばん》を待っている番屋《ばんや》のようでもある。広い敷地内に、廃船《はいせん》となった小船《こぶね》が打ち捨てられたままになっている家屋もある。

港の突端、防波堤が海へと突《つ》き出《で》た景色《けしき》が見える波止場で、冬空の下、片手に水道《すいどう》ホースを持った一人の老人が漁獲に使った網に水《みず》をかけて洗っている。水道水《すいどうすい》は、網の上に強い勢いで広がったかと思うと、すぐにその網の目をすり抜けて、薄く雪が積もったコンクリートの波止場に散乱し瞬時《しゅんじ》雪を溶かすが、冷たい海風にさらされて水は、溶かした雪とともに瞬《また》く間に固まり薄《うす》い氷《こおり》になってしまう。老人が、履《は》いている黒い長ぐつでその薄氷《はくひょう》を踏むと、氷が砕けるかすかな音がする。踏むたびに音が反復《はんぷく》する。

老人の動きとともに長靴《ながぐつ》が移動する時、氷雪《ひょうせつ》の上に刻印《こくいん》された靴底《くつぞこ》の刻《きざ》み模様が見て取れる。それは顔だけが描かれた三頭《さんとう》の馬《うま》が、たて髪をなびかせ横一列《よこいちれつ》に並んでいる絵柄だ。今、冬の海は銀色に輝いている。

白色《しろいろ》、鉛色《なまりいろ》、灰色《はいいろ》の鴎たちが数羽《すうわ》、老人から数歩《すうほ》離れた前方で友だちのように互いに寄り添い、二本の細い足を真っ直ぐ伸ばし、くちばしを海に向け、羽《はね》を揃えて置物のように横並《よこなら》びに整列《せいれつ》している。雪《ゆき》を孕んだ白色《はくしょく》がかった亜鉛色《あえんしょく》の雲《くも》が浮かぶ灰《かい》白色《はくしょく》の空を、羽毛《うもう》をなびかせ大きな弧を描いて飛翔《ひしょう》している鴎たちの鋭い鳴き声が港に響く。

時々、思い出したように、雪《ゆき》ではなく小粒《こつぶ》の霰《あられ》が老人と鴎たちの居る波止場に降り注ぐ。これらあられの粒子《りゅうし》は、波止場に落下する瞬間に小《ち》さな音《おと》を発する。一瞬一瞬、わずかな時間差で幾《いく》つもの、幾重《いくえ》にも重《かさ》なる静かな響《ひび》きの連続。耳を澄ますと落下音の時間差も矢《や》のように早くどこかにきえ失《う》せ、幾夜《いくよる》と幾昼《いくひる》かけて幾重《いくえ》にもただ重《かさ》なり続ける、逝《い》く昼夜《ちゅうや》だけがあるかのようだ。

波止場に落ちた霰《あられ》は、その散《ち》った地点で奇妙な幾何学模様を描いている。この時期、静けさや時間《じかん》を鋭く切り裂く雷鳴《らいめい》を聞《き》く機会を体験できることは稀だ。

三馬《みつうま》医院は、その港から徒歩五分ほどの所にある。灰色の二階建ての医院前に建てられている看板が告げるところでは、同医院は明治の終わり頃の建築で、木骨石造《もっこつせきぞう》と呼ばれる造りで市の歴史的建造物に指定されている。建物の骨組《ほねぐ》みは木《き》で造《つく》り、そこに近隣の山で採取した軟石《なんせき》をはって仕上げるのが木骨石造で、かつてこの地域で盛んに造られたという。

この地の開拓史にその名が記されている由緒ある三馬医院の院長――四代目――である高齢の三馬医師は今、取材に来た新聞記者に話している。「昨夕から今朝にかけて、七人の急患が出ましてね。共通しているのは、全員が嘔吐や下痢や目まいなどを訴えていることです。掌に湿疹が出た患者も居ます。全員、この地域の住民でお互いに顔見知りです。皆が一緒に会食したわけではありませんが、食中毒の可能性も否定できません。血液培養のデータが出るのを待っているところです。何か変な病気でなければ良いのですが」。

記者は医師の話し方に気骨《きこつ》を感じる。

北日本湾岸総合医療センター――地元の人達はニチワン病院と呼んでいる――は、三馬医院とはちょうど市の反対側に位置する港を見下ろす高台の樽見台にある。小《ちい》さな雑木林《ぞうきばやし》の向こうに見える港は、降り続く雪の彼方で銀色に輝いている。海に突《つ》き出《で》た防波堤が、左右から港を抱くように鎮座している景色《けしき》が見える。

若い広報課長の小林《こばやし》氏は言う。

「昨夜、病院の保管庫に泥棒が入り、備品や廃棄処分にするために置いてあった医療機器の一部が盗難にあいました。泥棒は窓を割って侵入したようです。今、被害の詳細を調べているところです」。

本間から病院の設備について聞かれて広報課長は、最近購入したばかりの最新機器だといって、癌患者のための放射線治療装置が置かれている部屋に記者を案内する。従来使っていたものより、より安定した高《こう》エネルギーを物理的に創《つく》り出《だ》せる最新鋭《さいしんえい》の機種《きしゅ》だと小林氏は説明する。内蔵されたＣＴで三次元画像を作成して、ほぼ病巣《びょうそう》だけにピンポイントで放射線を照射することが可能だという。

本間は、高性能のコンピュータが組み込まれているに違いない、自分の背丈《せたけ》以上もある大きな長方体の頑丈《がんじょう》そうなその医療機器——内部に照射装置が格納されているらしい軒のように水平に張り出している部分の下の面は円盤状で、患者が横たわる治療台に向けられており、その張り出しを支える本体中央のややくぼんだ部分は、情報を表示する液晶パネルになっている——を眺めるが、感心するだけでどういう仕組みになっているのか理解できない。コンピュータの巣《す》のような精密な医療機器。その働きを自分に種明《たねあ》かししてみせるためには、色々と資料を読んでみなくてはなるまい、と記者は考える。

北都医科大学とその附属病院は、〇（まる）市の中央駅舎から電車で小一時間の距離にある隣の大都市にある。

黄土色の外観を持つ中央駅舎《えきしゃ》は、凸《とつ》の字の下を構成する部分——「かんにょう」と呼ばれる部首凵の部分、口《くち》を開けたさまを意味するともいう——だけを左右《さゆう》に大きく引き延ばしたような——全体の凸の姿はそのままにして——安定した形態を呈《てい》する鉄筋コンクリート造《づくり》二階建てである。

白《しろ》い色《いろ》に塗られている駅舎《えきしゃ》の天井は、駅入口《いりぐち》と奥の改札口《かいさつぐち》を結ぶ縦方向《たてほうこう》に、濃い焦げ茶色に塗られた二本の支えで仕切られ、ほぼ等間隔に左、中央、右《みぎ》の三つの縦列《じゅうれつ》に分かれている。天井全体は緩やかに内側に斜《なな》めにカーブしているが、仕切りで分割された左と右の列は真ん中の列と比べて、やや強く曲がる形で傾斜《けいしゃ》している。左、中央、右の三縦列すべてが、二本の支えと直角に交差する——この二本の支えよりはるかに細い——数多くの濃い焦げ茶色の仕切りで横に分割されている。この市松模様のような仕切りは、天井を支える役割もしているのだろう。

天井には、左、中央、右の各列の縦方向に三個ずつ雪の結晶にも似たマークが並《なら》んで描かれている。それら計九個のマークは、天井の他の線分から独立する形で四角い仕切りの中に収められている。

各々のマークは、正十六角形の突き出た頂点の少し外側を線分で結んだ正八角形で構成されており——つまり正八角形の中に正十六角形を内包しており——、正十六角形と正八角形の間は柱と同じ焦げ茶の濃い色に塗装されている。正十六角形の内部は天井の色《いろ》そのままの白色《はくしょく》であるが、中央縦列の真ん中の図形を除いて、各図形の一番上と一番下、一番右と一番左に位置する頂点が十の形を描く線分で結ばれている。

中央縦列の真ん中の図形だけは、8本の磁石の針のようなものが描かれていて、右回り1本目の針にS、やはり右回り5本目——左回りなら3本目——の針にNのアルファベットが印されている。

中央の縦の列にある図形の両端の弐個、左右の列にある図形の真ん中の各壱個には、図形の中央、つまり十の字のクロスする部分に照明器具が取り付けられ、電灯《でんとう》の灯《ひ》が白《しろ》く灯《とも》っている。しかし、残りのマークの周辺には白夜《びゃくや》のような白々《しらじら》とした淀《よど》みが周囲に漂《ただよ》っているだけだ。

駅舎出入り口側そして反対方向にある改札口側の上部は、独立した六個の縦長の窓で占められており、その窓枠はすぐ側の天井にある柱とほぼ同じ色をしている。この六個のすべての窓が細い二本の格子によって縦三列に、これと直角に交叉するほぼ同じ太さの四本の格子によって横五列、計十五のブロックに分割されている。それらの各格子には平たい笠と電球がセットになったランプ ── 各ブロックにほぼ一個の割合で水色、青、赤紫などの笠とランプ、もちろん笠《かさ》が上で電球が下という立《た》ち位置《いち》でセットになっている ── が取り付けられている。

駅舎出入り口の方の洋灯《ランプ》の背景から覗《のぞ》く空、そして出入り口から眺める空はライラックの花にも似た淡い藤色《ふじいろ》で彩《いろど》られ、駅前の坂の彼方に見《み》える海は深い藍色《あいいろ》である。硬く冷たい大気の中、白い色《いろ》の支配する景観の中に嵌入《かんにゅう》されているこれら寒色《かんしょく》系《けい》の色《いろ》がその色彩《しきさい》を際立たせている。

仕切りが縦横《じゅうおう》に走る駅舎の天井とウィンドウの下、改札口を通り地下コンコース《大通路》から二階のプラットホームを目指す。コンコースで振り返ると、改札口の自動改札機、駅舎内の碁盤目をした茶系のタイル、駅舎出入口側の上の壁にある六個の縦《たて》に長い形をしたウィンドウのランプ、駅舎の出入口 —— 硝子が嵌《は》め込《こ》まれた左右に開閉する自動ドアが一側面に三カ所 —— などが額縁の中の一枚の絵のように浮かび上がる。

Concourse から見ると、駅舎出入り口側上部の壁にある六個の縦長《たてなが》の window は二個ずつ、天井の左、中央、右の仕切りの直下に配置されているのが分かる。駅舎出入り口側の lamp が飾られている縦《たて》に長い六個の window の一番右と一番左の窓にある外枠の縦《たて》の線分《せんぶん》を下に延長すると、三カ所ある入り口の自動 door の一番右と一番左の door を構成する外枠の縦線《たてせん》にほとんど重なっている。

駅舎には、鉄骨《てっこつ》で支えられただけのスレート屋根の吹きさらしの中に二つの長いプラットホームがある。

ホームの屋根には、雪が分厚く積もっており、時折吹いてくる風がその雪を渦巻《うずま》かせ、雪は白い煙《けむり》の渦《うず》となって巻《ま》き上がり、白の雪煙《せつえん》がそのまま雪《ゆき》に覆われているホーム内へと流れ込んでいる。電車の先頭、運転手が乗務する車両の前面下方の排障装置——いわゆるスカート——の部分には吹き寄せた雪が分厚くはりついている。電車は雪をかき分け、ゆっくりとホームを出て行く。

スレート屋根を支えている縦《たて》の骨組《ほねぐ》みがゆらりゆらりと揺《ゆ》れながら後方に流れる。一番端のホームに赤い色に塗られた除雪用車両——斜めに吹き寄せる粉雪が幾つもの白い糸《いと》のような流線《りゅうせん》で車体を切断している——が駅からの指令に従《したが》って出発《しゅっぱつ》しようと出番《でばん》を待っている。

電車は雪に覆われた市街を抜け、海岸線《かいがんせん》を走る。広い海原《うなばら》には強い風に煽《あお》られて三角波《さんかくなみ》が立っている。遥か沖、灯台の防波堤には強風にあおられたあらあらしい波《なみ》が規則的に打ち寄せ、大きな白い波頭《はとう》を描いたかと思うと、雪崩《なだれ》のようにすぐに崩《くず》れ落ちる。電車は、やがて右手に現れる突き出た断崖の足元を海沿《うみぞ》いぎりぎりに走行し——線路すぐ横に設置されているコンクリートの防潮堤に衝突して飛《と》び散る波頭《なみがしら》の羽《はね》のような飛沫《ひまつ》を浴びながら——大きく弧を描く形で○（まる）市に隣接《りんせつ》する大都市に接近《せっきん》していく。

大都市の街並《な》みは碁盤《ごばん》目のように区切られ整然としている。雪で白色《はくしょく》となった其《そ》の碁盤《ごばん》模様の街は、風に吹かれて斜《なな》めによぎる粉雪の斜線《しゃせん》で細かく裁断されて見える。北都医科大学の教授室で白衣《はくい》姿の北前医師は話し始める。教授室の窓の外ではしんしんと静《しず》かに白《しろ》い雪が降っている。雪が降り続いている。まだ降り続くようだ。

「まず北都ハートスタディの背景についてお話しします。高血圧が持続すると、脳、心臓、腎臓などの重要臓器に障害が進み、やがて機能に破綻が生じます。臨床現場ではよく経験することですが、発作などの形で現れるこうした破綻を我々はイベントと呼んでいます。ダイオタンのイベント予防効果は、既に海外で行われた大規模臨床試験で立証されています。しかし日本人でのエビデンスはまだありません」。

窓の外では雪が降り止まない。

教授は臨床現場《りんしょうげんば》で降圧薬の果たす役割について話す。

Renin–Angiotensin系を遮断することの意義を話題にする。

Diotan《ダイオタン》を使って海外で行われた大規模臨床試験の名前を挙げる。

海外大規模臨床試験におけるDiotan《ダイオタン》の降圧効果と臓器保護効果を列挙する。

Hokuto Heart Study（HHS）の意義、試験方法、評価の方法などを話し続ける。

帰りの電車で、三角波《さんかくなみ》は静まってはいるが、まだ強い風に吹かれて沖から岸の方へと海の表面を皺《しわ》のように漣《さざなみ》が押し寄せる冬景色を眺めながら本間は、取材が済んだ後に北前教授と交わした一連《いちれん》の会話の内容を反芻《はんすう》する。

教授室の窓《まど》の外《そと》では雪《ゆき》が降《ふ》っていた。

「日本人のエビデンスがもっと欲しいのです。そのために日本でも大規模臨床試験をしたい。しかし、国からの資金援助は一件につきせいぜい数百万円。何千万円も必要な費用には到底足りません。どうしても製薬企業に頼らざるを得ないのです」

「心血管イベントが起こらないようにするのが我々医師の使命ですが、臨床研究はイベントが起こってくれないと成立しません。統計学者と相談し、疫学データなどに基づきイベントの発生率を計算して、比較する群と比較される群で統計学的に意味のある差が出るように、対象となる患者数や試験期間を設定するのです」

「統計解析は第三者の機関に任せています」

「良い結果が出て、世界的に評価の高い医学雑誌に論文を掲載できたら名誉なことです」

雪が降り続いていた。

「製薬企業主催の座談会にもよく出席しています。自分たちの専門知識を広く伝えることができる良い機会ですからね。もちろん、座談会はその薬の販売促進に通じる面もあることは承知しています。しかし、その薬を必要とする患者さんが存在するわけですから、処方している、あるいは処方しようかと考えている医師にその薬を、臨床データに基づきながら紹介することに問題があるとは思えません」。

教授室の窓硝子の内側には、所々で夜間に作られた霜花が地図のような紋様を描いていた。

「その薬が使えるようになったからこそ、分かってきた病態もあるので、座談会では最新知見についても専門家の間で意見を交換します。こうした座談会で、その薬の適正な使い方など、必要な医学情報を臨床現場《りんしょうげんば》に伝えることができます。主催が医薬品メーカーだという理由から、座談会に出ることは薬の宣伝に加担することになると非難する人がいるようですが、これは一方的な考えです」。

「北都ハートスタディに要する費用ですか？　それは教室にプールされている資金を当てます。これらの資金は、製薬企業から奨学寄付金として提供されたものです。ええ、もちろんダイオタンを持っているシットノバロン社からのものもありますよ」。

窓外《そうがい》の降雪《こうせつ》は止む気配となかった。

「教授は、自身の診療、医局員の研究指導だけでなく、基礎研究や臨床研究に必要な資金を調達するのも大きな仕事なのです。そのためには、製薬企業との結び付きも必要になります。製薬企業の資金援助を受けた研究で、自社の医薬品に関連した有利なデータが出れば、製薬企業にもメリットがありますし、我々も論文にまとめて研究実績として残すことができます。医師と製薬企業の間には、そうした相互関係が成立しています。我々はこうした関係を、コンフリクト オブ インタレスト、つまり利益相反《COI》として情報公開しています」。

「もたれ合い、ですか？　人間同士のつきあいですからね、気心が知れれば、あうんの呼吸で事が進むこともありますね。しかし節度も必要です。我々は、アカデミア、つまり学究に携わっているわけですから。良い面と、気をつけなくてはいけない面などがあるわけですが、こうした関係を全否定することはできないでしょう。医薬品もまた、売らなければならない商品であり、我々医師に処方箋を書く権利、つまり処方権がある限りは。ただこの商品は命を左右する商品でもある。販売する側も処方する側も、決しておろそかにはできない重要なことです」。

今、断崖と海の狭間《はざま》を走る電車は、暗《くら》いトンネル内に吸い込まれる。視野が狭窄《きょうさく》し暗転《あんてん》するその瞬間《しゅんかん》、記者は、その薄暗闇《うすぐらやみ》のスクリーンに瞬時《しゅんじ》投影される、北の街で吹雪の一夜、吹きよせる夜の雪の中、白一色の世界をひたすら歩き続けている自分の姿をみる。

場面16

場内への侵入

〈内側の窓硝子の表面には、冷気が夜間に凍ってできた氷花——窓霜（まどしも）——がずっと溶けないまま迷路の集合模様を描いている。各迷路は様々な方向に分枝を伸ばし、その分枝がまた隣接する迷路に受け継がれて別の迷路を形成している。これら迷路の基になっている霜の華は、その一つ一つが幾重にも折り畳まれた花びらのようでもある。私の視線は迷路の回廊を巡り続けるうちに時間はぐるぐる回りながらその輪を閉じ、時間意識の始点と終点が一致して今という一点に収斂してしまう。時間はもはや流れない。そうした中で書き継がれる場面16」では倉庫内への男たちの侵入と屑鉄業者の青木のことが描かれている〉

降り積もった雪が、夜《よる》の闇《やみ》を白く染めている。闇夜《やみよ》に物音《ものおと》はせず、冬の夜空に三日月《みかづき》が明《あか》るく輝いている。倉庫の軒には氷柱《ひょうちゅう》が連なっている。昼の陽光《ようこう》で溶け夜の寒気《かんき》で固《かた》まりを繰り返したため、氷柱同士が一体化して広く氷《こおり》の板の柱《はしら》になっている個所《かしょ》もある。別の場所にあるひときわ長い氷柱には、幾つもの節目《ふしめ》が付いていて、やはり昼の日光《にっこう》で溶けたり夜の冷気《れいき》で固《かた》まったりを繰り返すことで、成長する竹《たけ》のように長さを伸ばし続けたことがうかがわれる。

それらの硝子のように光《ひか》るつららの表面に月《つき》が光《ひかり》を落としている。つららのつらなりに光る月光《げっこう》は、倉庫の暗い軒先にも反射しており、その反射光《はんしゃこう》はまるで光《ひかり》の刃をかざしているようにも見える。

数日《すうにち》続いた降雪《こうせつ》のために、深い積雪《せきせつ》に抱《いだ》かれた倉庫。その倉庫の壁に、今、一人の人物の影が落ちる。壁を抱《だ》くみたいにはりついた黒い影が動く。男が倉庫に忍び込もうとしているようだ。

今、男はスパナのような黒い形《かたち》の道具を片手《かたて》にかざしている。男がかざしたものにも月光が反射して、一瞬きらりとひかるが、すぐにあたりはまた純白の闇夜に包まれる。今、男は窓を割って建物の内《うち》に入《はい》り込《こ》もうとしている。場内《じょうない》への侵入《しんにゅう》を果たした男はその場ですぐに倉庫の錠《じょう》を内側からはずし、建物の入り口の扉を解錠状態《かいじょうじょうたい》にすることに成功する。

錠《じょう》が開《あ》いたその時、突然、もう一人の男が現れ、建物内に飛びこんでいく。男たちの目にそこは備品《びひん》置き場のように見える。そこに同じ敷地内にある病院から機械装置を運び込んだ顔見知りの仲間から、何か金目になるものが置いてあるとの情報を、男たちは得ている。長い台座《だいざ》と曲がった長い大きなアームの付いた灰色の機械だという。

雑多な品々《しなじな》の傍らに鎮座《ちんざ》しているその灰色の機械を見つけるが、大きくて丸ごと持ち出すことなど到底できない。そこで男らは、分解《ぶんかい》できる所だけを持ち出すべく解体《かいたい》作業を始める。ボディから分けて外《はず》せた部分だけを入り口《いぐち》から外《そと》に放り出し、倉庫の暗闇《くらやみ》に横付けされた小型トラックまで音《おと》をたてながら雪の中をひきずり乗せてしまう。

次の日。男たちは、付き合いのある屑鉄業者である青木のところに、大きな機械の一部らしいアームが付いた円筒形《えんとうけい》の筒《つつ》、車のヘッドライトに似たような部品《ぶひん》を持ち込む。「訳ありだぜ」。こういう場合は、たいてい盗品《とうひん》なのだ。青木は詳しい訳など聞かずに、品《しな》を受け取って、これら無職の男たちにいつものように小遣い銭を渡す。

数日《すうじつ》後。青木は薄暗い資材置き場でこれらをさらに分解し、収入につながるような金属部分などの仕分けをする。今、青木はなかなか外せない箇所に再度挑戦している。それはアーム型の部分でその根元の金属箱に何か精密機器が組み込んでありそうだ。

自分が持っている技術と器具を駆使し挑んでようやく少し覗《のぞ》けるだけになったが、

のぞいてみると中には細長い金属棒があっただけなので落胆する。白っぽい金属《きんぞく》の粉《こな》が隙間からわずかにこぼれ落ちる。

何か毒物ではないかと肝を抜かしそうになる。金属粉《きんぞくこ》が青く光っていると感じた青木は、その粉末《ふんまつ》を鉄片で掬《すく》って空《あ》き缶に収める。すくう時、粉《こな》が少し手首に零《こぼ》れる。手首を振《ふ》ってこぼれた粉を払《はら》う。空き缶の中の粉を覗《のぞ》きこんで何分もの間じっくりと眺《なが》めると、やはり青《あお》く発光している。目《め》をこすって、もう一度見《み》てもやはり静《しず》かに青《あお》く、晴《は》れた日の空《そら》の色のように輝いている。貴重な粉なのかも知れない。高く売れるかも知れない、と考えた青木は、その粉をそのまま空き缶《かん》の中に詰《つ》めたままにし、缶詰《かんづめ》を置くようにポンと倉庫の棚の奥におき、明日、仲間に見せてやろう、と思う。

その夜、眠りの中で青木は、誰かが自分の名前を呼んでいるような気がする。雪のトンネルの中に迷い込んだのだろうか。歩《ある》いて歩《ある》いて歩《ある》いても、長い細い白いトンネル内の歩道《ほどう》を抜け出ることができない。しかも三歩歩《さんぽある》いては一歩《いっぽ》後退しているようなもどかしさを少なからず感じる。白い地下道の向こう、遥か彼方に針の頭のような点がみえる。あれが出口だろうか。何か乗り物があれば早いのだが。しかし、徒歩《とほ》で行く他はない。歩《ある》くしかない。青木は歩《あゆ》み続ける。

その針の頭のような点がかすかな青色を帯び、自分に向けて転がり出し、青い光はますます青さを増しどんどん大きくなり急坂を転がる雪達磨のように容積を増し自分の方に押し寄せてくる。危険《きけん》を感じて青木は呟く。危《あぶ》ない、巻き込まれる。逃げなくては厄介《やっかい》なことになる。しかし手足が凍《こお》りつき痺《しび》れていていうことをきかない。寒さで体が麻痺《まひ》してしまったのか。凍傷《とおしょう》にでもなったのか。

青い光を放つ大きな球体はやがて青木の所に達し、衝突し、青木《あおき》は青《あお》い大《おお》きな光の中に飲み込まれてしまう。万事休《きゅう》す。青木は力尽きる。その時、青木《あおき》の耳《みみ》に誰かが休《やす》みなく呟くのが聞《き》こえる。汝、青《あお》き光みし者、それゆえに滅ぶ。

場面17

入り込む疑惑

〈私は、突然、チェレンコフ光について考え始め、この光について記述されている場面7」を再読したところだ。シャンデリアの照明の光に晒されて、大理石の床の上で青い光を放ってきらめく、鋭い刃先の残る割れたフランス製の群青色をしたシャンパングラスのimage――イメージ、イマージュ――もどこからともなく湧いてくる。ここ場面17」では、場面10」で描かれた食中毒を疑わせるけれども確定診断の付かない患者のことが、場面3」や場面6」などで描写されたパーティ会場で話題になっている。また場面16」で描かれた病院資材置き場からの医療機器の盗難をめぐる、新聞記者・本間のパソコンを使った情報収集も描かれている。〉

パーティ会場では、はっきりした診断が付かない数人の患者――食中毒のようではあるが――の発生が、医師の間《あいだ》で問題《もんだい》になっている。幾人かの医師らは、互いにもう情報を共有しているようだ。

「この街のはずれの高岩町で患者が出ましてね。開業している同門の三馬先生のところです。同時に七人。食中毒かも知れませんが、何か新しい感染症のような気もするのです。三馬先生から要請があり私も患者の所に行って診察したのですが、下痢と嘔吐と眩暈《めまい》が主症状です。患者によっては手に湿疹のような強い皮膚症状が認められます」。

「この前までは珍しく少し暖かかったので、何か生ものを食べて食あたりでも起こしたのではないのですか？」。

「食中毒とするには、症状や検査所見に疑問点もあります。今、保健所が調査に乗り出しているところです。患者は三馬先生のところに入院しており、取り敢えず外部とは遮断されていますから、感染症だとしても更に広がる危険はないでしょう」。

北街は、近くの医師らから感染症という言葉が発せられるのを耳にしたが深く気にはとめず、コンパニオンから料理の盛られた皿を受けとったまま食べもせず、立ったまま自分の考えに耽《ひた》っている。料理の皿はいつまでも空《から》になることはない。

母校の救急医学講座の次期教授選に立候補すべく然るべき戦略を練らねばならない。まず先輩たちのバックアップを取り付けなくては、書きかけの数本の論文も早くまとめて、引用される回数が多いのでインパクトファクターの高い医学専門誌に掲載しなくては、と北街は考え続ける。

北街が片手に持っているワイングラスの中で、ルビー色のワインがかすかに揺れている。自分の考えに耽溺《たんでき》して上の空《そら》になっている北街は、無意識にワインをグラスの細長い脚を基軸にして左右前後に揺すったり回転させたりするので、ワインは大きく波立つ。ワインは、なかなか空《から》にはならない。北街はアルコールに弱《よわ》いのだろうか。

そんな北街の耳元《みみもと》で、「何か、違うお料理をお持ちしましょうか？」という若い女の声が聞《き》こえる。きこえたように思う。

本間は、近くの医師らから感染症という言葉が発せられるのに気付いて、記事に書いた出来事だなと思い、コンパニオンから受け取った皿に盛られた料理を食べながら聞き耳を立てる。

パーティ会場奥の蕎麦や寿司をふるまう街の老舗が出店《しゅってん》している和食コーナー——竹《たけ》に荒縄《あらなわ》が絡みつくような奇抜な紋様が描かれた銀屏風《ぎんびょうぶ》が店《みせ》の前に飾られている——では、数人の中年の男女が話し込んでいる。宴会場のシャンデリアから拡散《かくさん》した光《ひかり》の輝きが、まるで風《かぜ》に流されたように銀屏風《ぎんびょうぶ》の竹縄《たけなわ》模様の上に散《ち》らばり光《ひか》っている。

宴もたけなわのこの頃、降り続く雪で視野が悪く、強い寒気のために路面も凍ってスリップして車の事故が多発している。地域の基幹病院の一つである宝港総合病院の救急部には立て続けに救急患者が搬送されてくる。救急車から救急部直通のホットラインの電話がなる。「はい、こちら宝港総合病院救急部」。医師が受話器を取り上げる。今度は交通事故ではない。高岩町の開業医からだ。「入院患者が意識不明？　分かりました。すぐ搬送して下さい。準備します」。

本間は、「ニチワン病院で医療機器の盗難があったようだ」と誰かが話しているのも耳にする。本間の頭の中で、最近取材した三人の姿や声が甦る。食中毒か？　患者七人集団発生、の見出しで書いた三馬医師。ニチワン病院で廃棄予定の医療機器が盗難、とまとめた北日本湾岸総合医療センター（通称　ニチワン病院）広報課の小林氏。そして新規降圧薬の臓器保護効果を確かめる臨床試験始まる、と紹介した北都ハートスタディの主任統括医師である北前教授。

このパーティの主催者である院長と北都医科大学循環器内科の髭面男性講師との話はまだ続いている。この二人の近くで、端麗《たんれい》な形の脚を持つ丸い小《しょう》テーブル——糸《いと》のように細《こま》かな刻みが入った硝子の小《ちい》さな花瓶に一輪のきれいな生花《せいか》がさしてある——の上に盛り合わせがまだ残っている皿を置いたまま、飲み物のグラスだけを手にして二人の若手医師らしい男性《だんせい》が小声《こごえ》で大規模臨床研究を盛んに話題にしている。

本間が、内ポケットにある携帯電話の着信を伝えるバイブ音を感知したのはこの時である。「至急、帰社されたし。ニチワン病院で治療用放射性物質、盗難の情報」の受信メール。

本間は、三馬医師の件にせよ、小林氏の件にせよ、自分が取材した出来事が新たに入《はい》り込《こ》む疑惑《ぎわく》の連鎖《れんさ》に晒《さら》され始めているのを覚える。北前教授の件も、やがて何らかの疑惑が持ち上がるのだろうか、との思いが一瞬、本間の脳裏に更《さら》に生まれる。

社に戻った本間は、上司と言葉を交わしてから自分のデスクに戻り、パソコンを起動させ、放射性物質の盗難に関連する情報を得ようとする。キィワードを組み合わせた検索で幾つかの項目がヒットする。目ぼしいものにあたりをつけ、読み始める。

一九八七年九月、ブラジルのゴイアニア市で廃院となった癌治療病院から放射線治療用のセシウムが盗まれ、そのセシウムによる一般市民を巻き込んだ大規模放射線被曝事故が発生した。廃院には金になるような物が残っているとの噂が広まり、二人の若者がその廃院に忍び込んだ。彼らは、その大きな機械からラグビーボールのような円盤部分をはずし手押し車に乗せて持ち去った。この円盤部分には照射装置の線源であるセシウム１３７が密閉されていた。この時点では線源の入った装置はまだ破壊されていなかったが、手押し車に乗せる時に、治療装置のスイッチが入りオンの状態となり、放射線のビームを浴びて被曝したと推測される。やがて嘔吐や下痢や目まいが始まった。病院に行くと、食あたりによるアレルギー反応との診断。数日経って彼らのうち一人は、スクリュードライバーで円盤部分に一ミリほどの穴を空けることに成功。中にあった青く光る粉を取り出した。それは放射線を発するセシウムだった。こうして放射線物質による汚染が始まった。そのようなものとは知らず彼らは、それを廃品回収業者に売り払った。業者は青い光を発するこの円盤を家に中に大事に保存し、家族や友人に見せて自慢した。やがて皆が具合悪くなる。廃品回収業者の妻は、青く光る物質が病気の原因ではないかと疑って、市の衛生局にこの物質をバッグに入れて届けた。やがて、この妻を含めて家族や友人に入院者が続出。何人かは熱帯病が疑われ専門病院へ。診察した医師の一人は皮膚の病変を放射線によるものではないかと疑い始める。医師たちが連絡を取り合う中で、たまたまゴイアニアを訪れていた物理学者にバッグの中身を検査してもらうことに。物理学者は、ガイガーカウンターを借りてきて、バッグから離れたところでスイッチを入れる。ガイガーカウンターの針が振り切れてしまう。故障だ。不良品を借りてきてしまった。彼は違うガイガーカウンターを借りてくる。しかし、またもや針が振り切れてしまった。こうして、バッグの中身は高い放射能を有した物質であり、入院患者たちのセシウムによる汚染と被曝が判明。熱帯病専門病院は、こうした患者の存在を公表した。警察、消防隊、救急隊、病院などが市民を守るために動き出した。国際原子力機関からの専門家の派遣。セシウムが入ったバッグが届けられた市の衛生局、買い取った廃品回収業者の住居などの詳細な放射能検査が実施された。汚染の著しい家屋の解体と撤去が行われ、高度汚染地域の表土も取り除かれた。放射性廃棄物は、ドラム缶にして一万八千個にのぼった。ちょうど雨期であり、水に溶けたセシウムにより被害が拡大した結果だ。ゴイアニア市民の約十％にあたる約十一万二千人がオリンピックスタジアムに集められ検査され、二百四十九人の汚染が確認された。さらなる検査で、この半数強に外部被曝だけでなく体内の被曝――内部被曝――があることも分かった。内部被曝者の一部には、体内から汚染物質を排泄させる薬剤の投与も試みられた。高い放射線量を直接浴びて、手などの局所にひどい熱傷が認められる者もいた。結局、廃品回収業者の妻を含む四人が急性放射線症で死亡した。廃品回収業者たちが見た粉の青い光は、放射線を発するセシウム線源と水分とが化学反応を起こしてチェレンコフ光と呼ばれる光が走っていたためと考えられた。この事故以降、ブラジルでは放射性廃棄物の管理に関する規則の見直しが行われることとなった。

本間はヒットした他の文章も読んでみる。これは被曝事故の解説記事ではなく、放射線被曝事故を扱ったドキュメンタリーの一部かも知れないと感じながら読み進める。何か参考になるかも知れない、と思いながら。

満天の星が輝く冷え込み厳しい真冬の深夜。癌治療病院の敷地の端にある倉庫。その倉庫の壁《かべ》に完璧《かんぺき》なまでにはりついた二つの黒い影が生まれる。

影はきびきびと力強く動き出す。男たちが倉庫内に入り込もうとしている。今、男の一人はスパナのような黒い形状《けいじょう》の道具をかたてに翳《かざ》している。もう一人の男は、見ている者がいないかあたりの道をうかがっている。時折かがみ込む。

男たちは窓を割って倉庫内に侵入する。事前に仲間うちから得ていた情報通り、長方形《ちょうほうけい》の台座と屈曲した長《なが》い大きなアームの附属した灰白色《かいはくしょく》の機械を見つける。

彼らはその機械を分解《ぶんかい》して、ボディから分離《ぶんり》できた箇所だけを分《わ》けて表に持ち出し、倉庫《そうこ》の陰、白《しろ》い闇の中に停めた小型トラックまで雪《ゆき》の中をひきずってゆき、車《くるま》に乗せてしまう。

数日後《すうにち》。日夜《にちや》努力して二人は、酸素アセチレン溶断トーチを使って円盤《えんばん》部分に穴を空《あ》けることに成功する。中にあった金属片や粉を取り出す。覆っていた蓋《ふた》をずらすことにも成功。

空《から》になった部分も含めてそれらすべてを顔見知りの廃品回収業者に売り払ってしまう。

業者はこの円盤を家の中に大事に保存し、青く輝く金属の粉を妻や友人らに見せて自慢する。やがて皆が具合悪くなる。嘔吐と下痢と目まいの症状がある。盗難に関与した二人の男と廃品回収業者の手の皮膚には、火傷《やけど》のような傷跡《きずあと》があらわれる。みんなが、地元の開業医を続けて受診する。

ここまで読んで本間《ほんま》はパソコンを終了させる。放射線被曝について詳しく書いた本があるのではないかと思い、資料室の本《ほん》棚の間《あいだ》を歩き一冊の本を見つけて手にとる。

その本の表紙には、中心に赤紫色の円《えん》があり、それよりも数倍大きい同心円《どうしんえん》の弧の内側に、銀杏の葉のような同《おな》じ形のやはり赤紫色の図形《ずけい》が三つ、等しい距離で置かれていて、図《ず》の赤紫色以外はすべて黄色に塗られているデザインの図柄《ずがら》が型押しされている。

ニチワン病院で盗難にあった放射性物質の種類は、何なのか。それを言《い》い当てることはできない。迷《まよ》いだけがある。本間にとって謎《なぞ》は深まるばかりだ。

本間の耳《みみ》に窓を打つ粉雪の音が聞《き》こえ続けている。

場面18

惑いの季節

〈雪が降り続いている。風が強く、灯台の防波堤には強風に煽られた荒波が押し寄せては、白い波頭をみせて砕け散っている。港の海面全体に三角波が立っている。登場人物の一人、若い女性である結城という名前は、降りしきる雪から生まれた。雪、ゆき、ゆうき、結城。休日なので鮮紅色のマニキュアをした結城と、北街が一緒にマンションの一室に居て、港から出て行く貨物船を見ている場面も書いた覚えがあるが、見当たらない。何度も書き直すうちに結局、削除してしまったのだろうか。破棄された文章に思いが残る〉

夜の闇《やみ》の中に音《おと》もなく雪《ゆき》が降り続いている。望生会宝港総合病院の職員玄関前で、呼んだタクシーを待つ結城《ゆうき》に風に乗った粉雪《こなゆき》が降り注ぐ。

ひどい雪ね。パーティにはもう、随分な遅刻だわ。この前、院内の会議で顔を合わせた救急部の北街先生は出席しているかしら。出るとは言っていたけど。「やあ、結城さん、遅いじゃないですか」。こう呼びかけてくる、医師・北街一夜《かずや》の声が聞こえるようだ。

二十歳台後半の治験コーディネーターの結城——もともとは薬剤師だが——は、臨床試験に参加している患者の話を聞いていて出発の時間が遅くなってしまう。宝港総合病院の循環器内科が参加している北都ハートスタディ《HHS》に登録している患者だ。

ようやくやってきたタクシーのシートに、開いたドアを右手にみて体の正面《しょうめん》を外に向けた形で深く腰を落とし、続いて端正《たんせい》な長いブーツをはいた両足を揃《そろ》えて車内《しゃない》に入れ、姿勢を正《ただ》して前《まえ》を向く。フロントガラスのワイパーの動《うご》きが届かない部分には厚く重たげな雪がはりついている。ワイパーが力《ちから》強く作動《さどう》している扇型《おおぎがた》の部分から、夜の白《しろ》い世界がのぞいている。街は深い雪に抱《いだ》かれている。純白《じゅんぱく》の舞台《ぶたい》に白《しろ》い羽《はね》が舞《ま》うように雪が乱舞《らんぶ》している。雪が降っていると静かだ、雪が音《おと》を吸《す》い込むためだと、子供の頃に知《し》ったことを結城は思い出す。

雪降る純白の闇夜《やみよ》を支配する無音《むおん》の世界。雪に抱《だ》かれた街の中央を横断する幹線道路の車《くるま》の数は、徐々《じょじょ》に少なくなっている。車は極端な徐行運転《じょこううんてん》をせざるを得ず、のろのろと徐《おもむろ》にしか進まない。道路に残されている他の車《くるま》の轍《わだち》も、雪ですぐに覆われてしまう。

結城はさきほどまで面会していた、自分の親くらい年の離れた高齢の女性の顔を思い浮かべる。女性は全身の倦怠感とめまいを訴えている。それは薬の副作用ではないかというのだ。女性はダイオタン投与群に組み込まれている。結城は、婦人の話しに耳を傾け、病歴や検査所見、服用している薬剤などをチェックする。

今、もう一度、タクシーの中でこれらの薬剤名を頭の中で復唱しながら結城は考える。血液検査で電解質の数値などに異常はないが、明日、担当医に連絡しなくては。イベント評価委員会に副作用情報として報告することになるのかしら。

吹雪のためタクシーはなかなか前に進まない。

今、結城は、介護老人保健施設に入所している高齢の叔母の姿を頭の中で何度も思い描いている。

その施設は、結城の勤務する病院の隣に建てられており、病院と施設は長い渡り廊下で繋がっている。結城は時々、仕事が終わった夕方、叔母の様子を見に行く。

その時刻は、入所者が車《くるま》椅子に座ったまま食堂《しょくどう》エリアで一堂《いちどう》に会し、夕食を摂っている時間帯《じかんたい》だ。食堂の大きな硝子窓《まど》の外《そと》では、空《そら》からばらまかれた様に沢山の白《しろ》い雪が舞い散っている。街灯が放つ光《ひかり》の帯《おび》の空間《くうかん》に舞う雪が、白銀《はくぎん》色に光《ひか》っている。

叔母は自分で箸《はし》を動かして食べているが、時々、心《こころ》がそこから外《はず》れたように、一瞬、手の動きが止まる。スタッフの介護者《かいごしゃ》が目ざとくそれに気づき近づいて食事を促すと、また箸を動かして食べ物を口《くち》に運びゆっくり噛《か》み、飲み込んでいる。

結城は叔母と良く似ていると子供の頃から周りに言われており、叔母をみていると自分の年取った時の姿をみているような錯覚《さっかく》に囚《とら》われる。

ゆうきは思う。やがて私も叔母の年齢に到達するだろう。そこに到るまでの時間を自分は所有していると思うのが、途轍《とてつ》もない幻覚《げんかく》のようにも感じられる。未来の時間はやがて今の時間とぴったりと一致し、その時、今の時間は過去となり、未来も過去も今という一点で支えられるだけだろう。振り返れば、あったのかなかったのか定《さだ》かではない幻《まぼろし》のような毎日、そうした毎日からなる季節《きせつ》を惑《まど》いながらも必死で生きなければならないのが人間《にんげん》の掟《おきて》なのだろうか。

ゆうきは悲哀《ひあい》を覚えて呟《つぶや》く。私たちみんな、この世の悲《かな》しい囚《とら》われ人《びと》なのだわ。暖房《だんぼう》が効いて暖《あたた》かな食堂エリアを立ち去る時に振《ふ》り返《かえ》ると、叔母はまだ食べ物の咀《そ》嚼《しゃく》と嚥下《えんげ》を繰《く》り返《かえ》している。

山《やま》のような積雪のため、タクシーはまだパーティ会場のホテルに辿《たど》り着けないでいる。

外に出ることもできない進まないタクシーの中で、結城は読みかけの小説について考え始める。父親が○（まる）市近郊の大学の文学部で教職に就いていて翻訳などもしており、その影響で海外の新しい小説を興味深く読んだ時期がある。出版社《しゅっぱんしゃ》から父親が出《だ》したばかりの新しい翻訳小説の、入り組んだ構成について話してもらった懐かしい思《おも》い出《で》もある。父親の一言をまだ鮮明に覚えている。「あらすじだけを追って読んではいけない」。

最近、途中まで読んだその小説では、感染症が疑われる数人の患者の出現、そして病院で使われていた廃棄予定の医療機器の盗難が描かれている。新聞記者がその事件の真相を追いかけている。ポイントは、患者が嘔吐と皮膚病変を示していることのようだ。

20の場面から構成されているその小説の各場面は、「話者／書き手」をめぐる部分——語っている私／書いている私——と、「出来事」——語られている内容／書かれている内容——をめぐる部分に二分割されている。「話者／書き手」の部分は一人称、「出来事」の部分は三人称——大半は登場人物の名前である固有名詞——で記述されている。

20の場面の「出来事」の部分の時間的な前後関係は、一読したところ定かではない。

結城は思《おも》い出《だ》す。一人称を使った「話者／書き手」に関する部分は降り続く雪に関する記述から始まっていたことを。

ゆうきの乗っているタクシーの窓の外ではしんしんと静《しず》かに白《しろ》い雪が降っている。降り続いている。まだ降り続くようだ。

場面19

節目の時

〈そしてまた私は、場面を組み立て始める。私は書く。降り続く雪の中、再びホテルのパーティ会場に戻った本間は北街を探す、と。北街の目をじっと見つめながら新聞記者は尋ねる、と。場面19」ではこの小説の節目《ふしめ》の時《とき》となるような、本間と北街の会話が描かれる〉

降り続く雪の中、再びホテルのパーティ会場に戻った本間は北街を探す。

ループタイを付けた院長の側を通り、髭面講師や須貝《すがい》を遠くに見て、かすかに香水《こうすい》の香《かお》りがするコンパニオンの近傍《きんぼう》を抜け、そして見《み》つける。北街は、パーティ会場の片隅に壁を背景《はいけい》にして立っている。その壁には景色《けしき》をみる窓とてない。本間は近づく。北街の目をじっと見つめながら新聞記者は尋ねる。

「先生は、高岩町で感染症らしきものが発生したこと、ニチワン病院で医療機器が盗難にあったことをご存知でしたね」。

既に描かれたその場面では、本間も北街も、似たような盛りつけの料理皿を手にしている。その時、傍《かたわ》らに居る濃い緑色をしたビロードのロングドレスを着たコンパニオン、いやレセプタントは、この二人の男性客の間で、食中毒、感染症、病院、医療機器、盗難などといった言葉がやりとりされるのを聞く。

「ニチワン病院では、放射性の治療物質も同時に盗まれたとの未確認情報もあり、今、社として確認を急いでいます。正体不明の感染症疑いと盗まれた放射性治療物質の間には、何か関係があるような気がしてならないのです。皮膚の湿疹というのは火傷《やけど》みたいなもので、放射線源に触れたことで生じた可能性は考えられませんか？　嘔吐、下痢、めまいなどの症状も放射線を浴びたからではないでしょうか？　救急医の立場からみて、どうなのでしょうか？」。

北街は新聞記者の言葉に敏感《びんかん》に反応《はんのう》する。患者《かんじゃ》の訴えから疾患《しっかん》を特定する時のように。主症状の嘔吐と下痢と眩暈《めまい》、そして皮膚の熱傷《ねっしょう》は、何らかの形で住民が放射線に曝《さら》されたためではないか。被曝《ひばく》による一連の症状ではないのか。もしそれがどこかで続いているとしたら。こう考えて北街は、全身が凍《こお》りつくのを感じる。新聞記者は北街の対応《たいおう》に全身を緊張させる。全身が凍《い》てつくのを感じる。遠くに居る北前教授の姿が目に入る。

この瞬間《しゅんかん》、北街の携帯電話が鳴る。

「北街先生、放射線被曝患者が出ました。至急、病院にお戻り下さい」。

瞬《また》く間に本間の携帯電話が鳴る。

「ニチワン病院で緊急記者会見だ」。


宴会場のあちこちで、着信音《ちゃくしんおん》や着信を知らせる振動を合図にポケットやバッグなどから携帯電話やスマートフォンなどの小型電子通信機器を取り出す姿があり、各《かく》通話のやりとりの音声《おんせい》とその内容を伝《つた》え云《い》い合う客《きゃく》同士の会話の声《こえ》でその場は騒然《そうぜん》となる。

騒《さわ》ぎに気を取られ、細身《ほそみ》で目のきらきらしたコンパニオンは、空《から》になった皿を小さなテーブルに戻して空《あ》いた手に持ったばかりの、まだ飲み物がつがれていない、藍色に染められた薄手の空《から》のグラスを思わず大理石の床に落《お》としてしまう。空間《くうかん》を斜《なな》めに落下《らっか》したグラスは幾つかの鋭い刃先《はさき》を持つ断片となり、コンパニオンのハイヒールの周《まわ》りをくるくる回《まわ》りながら空《そら》の星座のように散らばり、シャンデリアの照明の、静《しず》かに情《なさ》け容赦なく降り注ぐ光の刃《やいば》に曝《さら》されて青《あお》い光を放って煌《きら》めく。その青《あお》いきらめきが、今、北街や本間の目の水晶体を射《い》る。

同じホテルの一室ではシナリオライターの町田が、依頼された医療用放射性同位元素による事故をテーマにした場面や会話を組み立て続けている。

その中には、パーティ会場で二人の若い医師が臨床試験について話している場面もある。その場面では、臨床試験の方法、試験の必要コストと資金の出所、試験に携わる医師側のメリット、資金を担う製薬企業側のメリットなども話題になっている。

場面20

時間による鼓吹

〈窓の外ではしんしんと静《しず》かに白《しろ》い雪が降っている。降り続くようだ。窓硝子の内側の表面には、夜のうちに冷気が結晶化して作られた氷花——霜の華（しものはな）——がずっと溶けずに残り、迷路のような氷模様《もよう》を描いている。

今、私は、ちょうど掌の大きさ位の縦に長いブックマークを手にしている。場面6」、場面14」、場面15」などで名前が出たシットノバロン社の販促物の一つだ。コーティング加工されているそのブックマークの中央には、赤色《あかいろ》を背景に大きなトロフィが金色《きんいろ》で描かれている。トロフィの下部《かぶ》は円筒形《えんとうけい》の台座で支えられている。

円筒形の上部《じょうぶ》はV字型をしており、そのVの形の上の開《ひら》いている部分に球体《きゅうたい》が嵌《は》め込《こ》まれている。その球体は光を反射して一部が黄金色《こがねいろ》に輝いている。その赤と金を基調とした配色《はいしょく》は、本《ほん》に挟む栞《しおり》としてはかなり強い印象を与える。栞の一番下《した》には白抜きの小《ちい》さめの活字《かつじ》で製薬企業シットノバロンの名が英字《えいじ》で入っている。そのすぐ上《うえ》には、黒の小《こ》ぶりの字体《じたい》で「ダイオタン　北都ハートスタディで日本人のエビデンスを樹立」とあり、この臨床試験が掲載された海外の有名な英文医学誌の名前と掲載年、掲載頁が記載されている。雑誌名の直前にはKitamae Iという論文の代表執筆者名も読み取れる。

私は仕事部屋に使っている居間から、その一角にある四畳半《よじょうはん》の琉球畳《りゅうきゅうだたみ》の小部屋に移る。時々私は、ここで休息《きゅうそく》を取る。畳《たたみ》の感触は固く、あみ目は細かい。ゆっくり息《いき》を吸《す》う。息《いき》を吐《は》く。静寂に支配された時間《じかん》によって鼓吹《こすい》され支《ささ》えられ、私は自分の頭の中で起きた出来事を再構成したい欲望に駆られる。そのためには幾度《いくど》も言《い》い直《なお》し、書《か》き直《なお》し、リメイクしながら、幾《いく》つもの場面を積み重ねなくてはなるまい。

畳部屋には座卓《ざたく》がある。卓上《たくじょう》に一冊の観光案内が置いてある。その表紙に石造《いしづく》りのルネサンス様式建造物《けんぞうぶつ》の写真《しゃしん》が写《うつ》っている。その建物《たてもの》は中央に位置する表玄関を挟んで、右側と左側が対称形を呈《てい》している。屋根は青緑《あおみどり》色をしており、外の壁は淡《あわ》い黄色と薄い紫色の長方形の軟石《なんせき》が組み合わされている。至って調和の取れた佇まいは、かつての良き時代を告げるものだ。玄関前の道路横には炎《ほのお》のように赤い、角の欠《か》けた石が何枚か重なったままになっている。

観光案内の横には、表紙カバーに和船《わせん》である帆掛け船《ぶね》の絵が描かれた本。郷土史覚え書き「北前船物語」の書名がみえる。

卓上には数枚の絵葉書も置いてある。絵葉書の横にあるメモ用紙には長めの走り書きがある。私はもう覚えていないのだが、進行中の小説の中に使うため、それらの絵葉書を描写しようとしたのだろうか。私は読む。

その灰白色《かいはくしょく》の石造《いしづくり》倉庫は、十五〜二十センチの厚さの切石《きりいし》を木の柱などにはり付けたものらしい。運河《うんが》にはった薄氷《はくひょう》は、蓮《はす》の葉のように幾つもの層になって広がっている。その薄《うす》い氷《こおり》の上に倉庫が朧《おぼろ》な影を落としている。遥《はる》かなる山々の連《つら》なりは白《しろ》い雪で包まれ、所々、墨絵《すみえ》でみかけるような黒《くろ》い稜線が露になっている。月《つき》はまだ出ていない。

屋根の上のいたる所で雪が渦を巻いて、降り積もった雪の表面をころころ転《ころ》がりながら横断していく。街灯が紡《つむ》ぎだす紡錘形《ぼうすいけい》のあかりの内側で、夥《おびただ》しい雪の切片が、天から生み出された多量《たりょう》の銀紙《ぎんがみ》みたいにぎんぎんきらめきながら乱舞している。

画面の手前にある橋の重々《おもおも》しい欄干《らんかん》には、樹々の枝が幾重《いくえ》にも錯綜する透かし模様が入っている。その欄干《らんかん》のすぐ東《ひがし》側に背の高い街灯《がいとう》がある。四《よっ》つの面を透明な硝子で囲《かこ》まれ四角《しかく》い鋳物で蓋をされている二個の灯《ひ》が、錨の形をした天秤の両端で平衡を保っている。その街灯と天秤を細長い支柱《しちゅう》が支《ささ》えている。同型《どうけい》の街灯が、運河の脇を通る散歩道に同《おな》じ位《くらい》の丁度《ちょうど》良い間隔を置いて立《た》っており、遠《とお》ざかるにつれ小さく遠景《えんけい》の中に畳み込まれていく。

白色《はくしょく》に塗られている中央駅舎の天井には、左、中央、右の各列の縦方向に三個《さんこ》ずつ雪の結晶を模したような図形が並行《へいこう》して描かれている。それら計九個《きゅうこ》の図形は、天井の他の線分とは別個《べっこ》に四角い仕切り内に収まっている。

読んでいるメモ用紙がある座卓のすぐ側の畳の上には、直《じか》に数冊の週刊誌が重ねてある。一番上の週刊誌の表紙には大きな活字で、その号の大きな記事《きじ》のタイトルが記《しる》されている。

北都ハートスタディの奇怪《きかい》

臨床データを操作し不正《ふせい》か

誰が　いつ　どこで　どのようにして

その下からの斜めに突き出ている別の週刊誌の表紙に印された活字もみえる。
北都ハートスタディ　海外医学誌掲載の論文を撤回《てっかい》
否定された大規模臨床試験の成果《せいか》
深まる謎　データのメーキング　どんな方法をつかって

週刊誌の横《よこ》には一冊の本が畳の上にやはり直接《ちょくせつ》、置《お》かれている。その本の表紙には黄色地《きいろじ》の円の中央に赤紫の小さな円、その周囲に等しい間隔で配置《はいち》された銀杏の葉《は》のようなやはり赤紫の図形が参葉《さんよう》描かれたマークが型押しされている。本の上部に斜めに置《お》かれた壱枚のプラスチック入りのＤＶＤが、本の題名を隠してしまっている。ＤＶＤの閉《と》じたプラスチック内部に折り込んである表紙には、顔をフィルター付きの全面フルマスク、体を白い防護服で密閉《みっぺい》した人物が写っている。

部屋の隅にはダンボール箱が幾つか山積みになっていて、その上に大きなテーブルクロスのような布が、折り畳んだ形で被せてある。群青色《ぐんじょういろ》に染められたその布には、窓硝子に咲いた霜の華の入《い》り組んだ文様《もんよう》が浮かび上がっている。

壁には緑が木材の節目模様で装飾された額に入《はい》った複製の絵がかかっている。そこには、港のすぐそばにある桟橋のバルコニーに佇む若い女の左斜め背後からの姿、光りを反射している様々な色に輝く海、波止場に停泊《ていはく》している小型蒸気船《じょうきせん》——タグボート（曳《ひ》き船《ふね》）かもしれない——から垂直に昇っていくけむり、港の彼方に赤い粘土質の崖の露出した岬、などが描かれている。

絵の下の壁にピンで無造作に留められている葉書大の光沢紙には、眩いばかりに青白《あおじろ》く輝く原子炉《げんしろ》の炉心《ろしん》が大きく写っている。

光沢紙の端には、大きめの一枚のポストイット《ふせん》が貼り付けられている。付箋《ふせん》は新しく、そこに書かれている覚え書きの字もくっきりしているから比較的最近のものだろう。「特定薬剤の臨床研究は、当該製薬企業からの奨学寄付金ではなく、当該製薬企業との共同研究あるいは受託による研究の形で契約に基づいて行うのが望ましい」

この畳部屋に入る直前《ちょくぜん》、窓の外をうめつくす積雪《せきせつ》を眺め、やがて雪《ゆき》を解《と》かす風《かぜ》——雪解風《ゆきげかぜ》——の吹き始める春の時間《じかん》に思いを馳せ自分を鼓吹《こすい》しながら、私は小説の書き出し部分——場面1」吹《ふ》きよせる降雪《こうせつ》——を書き直《なお》し始めたばかりだ〉

望生会宝港総合病院の救急部部長である北街一夜《きたまちかずや》は、夜七時少し前、部長室を出《で》る。市街《しがい》の高台にあるホテルで開かれる懇親会に出席《しゅっせき》するためだ。廊下で、若い女性の治験コーディネーターである結城とすれ違《ちが》う。

北街先生、懇親会ですね、私、少し遅《おく》れて出席します、これから患者さんの話しを聞かなくてはならないので、と彼女は北街に言う。そして付け加える。ずっと吹雪《ふぶ》いていますよ。

北街は病院正面の自動ドアから一歩外《そと》に踏み出す。外気《がいき》の冷たさは、顔を刺すようだ。既に闇《やみ》が支配している。ひどい吹雪《ふぶき》だ。街を覆い尽くす降り積《つ》もった雪《ゆき》。その積雪《せきせつ》が夜《よる》の暗《くら》い闇《やみ》を白夜《びゃくや》のように白々《しらじら》と照らしだしている。北街の全身に北の街に吹き荒れる夜の白《しろ》い降雪《こうせつ》が吹きよせてくる。寒さのため、はく息《いき》が白《しろ》いのに彼は気付く。

病院横に建つ古い倉庫の屋根では、風に煽《あお》られた雪が渦を巻いて羽《はね》のように旋回している。倉庫《そうこ》の前で車《くるま》が一台、深い積雪に埋《うず》まっている。北街は思わずオーバーの襟を立て、風に煽られ飛ばされそうな毛皮《けがわ》の帽子を深く被《かぶ》り直しながら日中の自分を振りかえる。

自分は今日、午後の間中、蘇生室で処置に追われていたから戸外の天候は分からなかったが、患者や家族の控室にあるテレビは、昼過ぎからひどい吹雪の模様を伝えていたようだ。

処置《しょち》する彼の処《ところ》では煌々《こうこう》と無影灯が煌《きらめ》き、一点のかげり、光に一点の瑕《きず》も許すことなく患者の外傷《がいしょう》部位を曝《さら》け出している。傷《きず》付いた患者はまるできらめく光に被曝《ひばく》しているかのようだと、彼は思う。

薄い緑色の大きなマスクをしたナースが、患者のそばで点滴のスタンドを固定《こてい》し直している。マスクの右《みぎ》と左《ひだり》の端《はし》の上下《じょうげ》から伸びている計四本の紐は、両耳の背後《はいご》を迂回《うかい》して、やはり薄緑色のキャップを被った、彼女の括《くび》れた細い首の後部《こうぶ》と頭の後ろ《うし》の上《うえ》の方で各々、交差《こうさ》し括《くく》られているようだ。処置台《しょちだい》の枕元に置《お》かれてあるモニター機器が血圧値《けつあつち》、心電図《しんでんず》の波形などを示している。

突然、ナースが大声《おおごえ》で北街に言う。先生、血圧が下降《かこう》し始めました。

私は、デジタル表示されている値《あたい》をみて指示を出す。ノルエドを、急《いそ》いで。

ナースは背後の棚から、小さなアンプル——国産《こくさん》の新規《しんき》昇圧薬ノルエドネフリン——を取り出し片手に持ち、もう一方の手の指でそのアンプルの括《くび》れた細い首の部分に力《ちから》を加《くわ》えてカットする……

小説　北の街で吹雪の一夜、私に吹きよせる夜の雪は

2018年１月11日発行

著　者　松田　隆志

発行所　ブックウェイ
〒670-0933　姫路市平野町62
TEL.079 (222) 5372　FAX.079 (223) 3523
http://bookway.jp

印刷所　小野高速印刷株式会社

ISBN978-4-86584-281-4